Über das Buch

Ein Junge aus Westafrika und ein Mädchen aus dem Süden Chinas, beide fünfzehnjährig, stranden mit der Hilfe von Schleppern im klimatisch wie menschlich kühlen Norden Deutschlands. Mondlandung ist die Geschichte ihrer Träume, ihrer Verzweiflung und Angst, aber auch die einer Frau, die der Not nicht länger den Rücken kehren kann. Durch die Arbeit mit den Flüchtlingskindern lernt sie ihre eigene Heimat und ihre Mitmenschen mit neuen Augen zu sehen. Mondlandung ist eine schonungslose Dokumentation über die Migration in Deutschland ohne dabei Feindbilder aufzubauen.

Über die Autorin

Kerstin Glathe studierte Musikwissenschaft und Geschichte in Bochum, Münster und Edmonton, Kanada, und arbeitet seit fünfzehn Jahren als freie Journalistin für den WDR. Sie lebt mit ihrer Familie am Rande des Ruhrgebiets. Für die ersten zwölf Seiten von Mondlandung wurde sie 2002 mit dem Oberhausener Literaturpreis ausgezeichnet.

Mondlandung

Eine dokumentarische Novelle

Für Manon, Lennart, Ibrahim, Hui und alle
Kinder dieser Welt

Bibliografische Information der Deutschen Nationalbibliothek Die Deutsche Nationalbibliothek verzeichnet diese Publikation in der Deutschen Nationalbibliografie; detaillierte bibliografische Daten sind im Internet über http://dnb.d-nb.de abrufbar.

Herstellung und Verlag: Books on Demand GmbH, Norderstedt.
ISBN –13: 978-3-8370-6533-6

Es war so kalt. Aus dem trüben Himmel fiel weißer flockiger Regen, der seine Haut eiskalt traf. Noch nie hatte er so seltsamen Regen gesehen, so leicht und langsam fiel er auf ihn herab und schmerzte doch wie Nadelstiche. Das T-Shirt wurde nass und kühlte ihn noch mehr aus. Er stand auf der Straße zwischen grauen Häusern, vor ihm ein riesengroßes Gebäude mit großen Glasfenstern. Menschen, die als solche kaum zu erkennen, weil sie eingepackt in Schals und Mäntel waren, strömten herein und heraus. Er ging auf den Eingang zu. Voller Angst, wem er begegnen würde, was er sagen sollte. Um ihn herum nur fremde, unverständliche Worte. Aber er musste irgendwo hin gehen. Hier hatte er Angst zu sterben vor Kälte.

Sie hatten ihn hier einfach aus dem Auto aussteigen lassen, ohne Kommentar, ohne eine Idee, was er tun sollte. In der Halle des großen Gebäudes war es auch nicht wärmer, aber kein weißer Regen. Hier fuhren Züge, es war ein Bahnhof, aber so riesig, wie er noch nie einen gesehen hatte. Die Züge standen direkt vor ihm, zwischen Bahnsteigen, genau wie die Schiffe im Hafen von Conacry. Er blickte sich suchend um. Zwei Männer in dunklen Uniformen kamen direkt auf ihn zu. Er zuckte zusammen, Todesangst, Erinnerungen. Sie hatten ihre Schlagstöcke noch gar nicht gezogen, noch nicht einmal die Hand daran gelegt, und sie blickten gar nicht so unfreundlich. Fragten ihn etwas in einer fremden Sprache. Er schüttelte den Kopf, unfähig ein Wort herauszubringen. Dann ein paar Brocken Englisch. Er konnte nur wenig, versuchte etwas zu sagen auf Französisch. Die beiden Männer blickten sich an und schüttelten jetzt ihrerseits den Kopf. Er erwartete jeden Moment einen Schlag auf den Kopf, aber sie nahmen ihn nur am Arm und zogen ihn mit sich. Er wehrte sich nicht, sie taten ihm nicht weh.

In dem kleinen Zimmer war es etwas wärmer. Eine Frau reichte ihm eine Decke, aber er fror weiter. Sein ganzer Körper zitterte. Er wartete lange. Dann kam jemand, den sie geholt hatten. Auch Afrikaner, aber nicht aus Guinea, das sah er sofort. Er hatte Schwierigkeiten, die vielen weißen Gesichter zu unterscheiden, die für ihn alle ähnlich aussahen, aber die verschiedenen Volksgruppen seiner Heimat waren für ihn leicht auseinander zu halten. Der Mann sprach Französisch aber kein Fuller, so wie er, fragte ihn barsch. „Woher kommst du? Was willst du? Wo sind deine Papiere?" Seine Gedanken versagten. Er hatte Angst. Nur Bruchstücke kamen aus seinem Mund. „Wie alt?" Er schwieg. Der eine Mann in Uniform, der wohl ein Polizist war, tippte etwas auf einer Schreibmaschine, besprach sich hin und wieder mit dem Übersetzer, der dann wieder barsch fragte. Er konnte sich hinterher wirklich nicht mehr erinnern, was er gesagt hatte, oder ob er überhaupt etwas gesagt hatte. Sie legten ihm ein Papier vor, das er nicht lesen konnte, und drückten ihm einen Stift in die Hand: „unterschreiben!" Er sah fragend in die Runde. Die Gesichter teilnahmslos, fordernd, ungeduldig. Er unterschrieb. In einem Auto wurde er herum gefahren. Die Decke hatte er dort lassen müssen. Dann stand er in einem Hof. Der Himmel war jetzt dunkel, auch wenn die vielen Lampen alles hell erleuchteten. Er fror jetzt so sehr, dass er dachte, augenblicklich sterben zu müssen. Lange wartete er, dann wurde er in eine Zelle gebracht. Er war in einem Gefängnis. Daher kam er doch. Er kroch unter die Decke und wollte schlafen, aber er war so kalt, dass er vor Schmerzen hätte schreien können. Jetzt erst merkte er, dass hier noch jemand war. Also keine Isolation. Der andere rieb ihm die Füße und Arme mit warmem Wasser, flüsterte auf Fuller, beruhigte ihn langsam. Dann kam der Schlaf.

Er schreckte auf. Die Bilder waren wieder da. In seinen Träumen erschien alles wieder, als erlebte er es gerade. Auch die Angst, die Verzweiflung fühlten sich immer gleich an. Oder wurde es von Mal zu Mal schlimmer? Der andere kam zu ihm, sagte seinen Namen, aha, er überlegte kurz, ob er ihm vertrauen sollte, dann sagte er seinen Namen. Ein Kopfnicken. Sie redeten nicht viel. Der andere wurde heraus gerufen, kam nach einer Weile wieder. Er hatte seinem Rechtsanwalt von ihm erzählt. Er verstand gar nichts. Er hatte doch gar nichts verbrochen in diesem kalten Land. Dann sollte er heraus kommen. Wieder diese Angst. Die Erinnerungen, Schläge, Erniedrigungen. Ein anderer Raum, ein weißer Mann. Er sprach französisch. „Wie alt bist du?" Er wunderte sich, dass er jetzt antworten konnte. „Fünfzehn." „Ich werde dich woanders hinbringen. In ein paar Tagen", sagte der Mann, der Rechtsanwalt. Er fragte noch mehr, aber die Worte waren jetzt wieder blockiert, wie immer, wenn er gefragt wurde und Angst hatte. Die Gedanken kreisten wie wahnsinnig in seinem Kopf, aber er konnte nichts sagen, starrte nur sein Gegenüber an. Der blieb freundlich. Verabschiedete sich.

Und tatsächlich wurde er abgeholt, bedankte sich bei seinem Zellengenossen. Der Mann, der Rechtsanwalt, ging mit ihm zurück zum Bahnhof. Diese Mal hatten sie ihm warme Kleidung gegeben. Erstaunt bemerkte er, dass die Kälte dadurch nicht ganz so stark zu spüren war. Dennoch war ihm kalt. Seit er hier angekommen war, war ihm furchtbar kalt. Sie fuhren mit dem Zug viele Stunden. Er dachte an seine Mutter und Schmerz durchzuckte ihn. Er vermisste sie. Er hatte Angst um sie. Er hatte Angst um sein Leben.
Eine andere Stadt, auch hier war es kalt und grau. Die Bäume hatten gar keine Blätter. Sie wirkten wie tot. Nichts war grün. Er hatte von der Wüste gehört, aber so hatte er sie sich

nicht vorgestellt, so kalt, so nass, so voller Steinhäuser und mit so vielen Menschen. Wieder ein Taxi. Würde er wieder allein aussteigen müssen? Nein, der Rechtsanwalt nahm ihn mit in ein Haus. Es roch nach Afrika hier, es war sehr warm und sehr laut. Viele Jungen hier hatten seine Hautfarbe. Er schöpfte Mut, aber blieb weiterhin misstrauisch. Wieder ein Büro mit weißen Menschen. Sie waren sehr freundlich, aber sprachen nicht seine Sprache. Manche bemühten sich ein paar Brocken französisch zu erinnern. Er blieb stumm. Sie zeigten ihm ein Bett in einem Zimmer. Hier war es warm. Er war unendlich müde, fiel in Schlaf, schreckte nach einiger Zeit wieder auf. Die Erinnerungen kamen in seine Träume. Er konnte nicht fliehen.

Wenn er wach war, gab es zu essen. Endlich Reis. Eine Mahlzeit ohne Reis war ihm unvorstellbar. Auch wenn es nur Reis war, war es gut. Es war warm hier. Er ging nicht aus dem Haus. Niemand zwang ihn zu sprechen.

An einem Tag wurde er gerufen. Eine weiße Frau wollte mit ihm sprechen. Sie konnte leidlich französisch, sagte, sie wolle sich um ihn kümmern, fragte nach seiner Geschichte. Was wollte sie nun wieder? Er konnte einfach nicht erzählen, aber sie blieb ganz ruhig, sah ihn liebevoll an und wartete. Sie war anders als die Polizisten. Er dachte an seine Mutter, die ganz anders aussah. Diese Frau war groß gewachsen, größer als er selbst, hatte helle Haare, helle Augen und eine sehr helle Haut. Und dennoch dachte er an seine Mutter. Die Erinnerungen kamen zurück und er erzählte: von der Schülerdemonstration wegen der Fahrpreiserhöhung. Die Preise sollten zum dritten Mal in einem Jahr erhöht werden, so dass es für viele Schüler viel zu teuer wurde zur Schule zu fahren. Sie waren alle sehr wütend und warfen Autos um, blockierten die Straße mit Reifen. Irgendjemand hatte sie angezündet und schwarzer Rauch stieg auf. Dann kamen die Barrets Rouges, die berüchtigte Truppe des Präsidenten. Sie schossen in die Menge, sein Bruder neben ihm wurde getroffen, aber er konnte nicht mehr sehen, was aus ihm wurde, denn er wurde von der Menge mit gerissen, rannte weiter, bis er doch zusammen mit vielen anderen gestellt wurde. Im Gefängnis gab es nichts zu essen, wenig zu trinken, es war voll und stank. Er erzählte der Frau nicht von den Misshandlungen und Demütigungen. Niemals würde er das jemandem erzählen können. Niemals. Aber vergessen konnte er es auch nicht. Die weiße Frau hörte ruhig und betroffen zu. Sie fasste seine Hand. Was sollte das? Konnte er ihr vertrauen? War sie vom Geheimdienst? Nein, das war unwahrscheinlich. Er sah sie an und erzählte weiter, wie seine Mutter ihn wohl gesucht hatte, ihn fand. Zwei Mal sah er, wie sie ins Gefängnis kam. Sie musste den Gefängnisaufseher bestechen, so dass der einen Abend unaufmerksam war und ihn fliehen ließ. Seine Mutter schickte ihn aber sofort wieder weg. Er konnte nicht da bleiben. Sie auch nicht. Wenn er erst gesucht würde, konnte keiner von ihnen mehr sicher sein. Sie brachte ihn zu einem Bekannten in die Nähe des Flughafens und verabschiedete sich von ihm. Kurz nahm sie ihren Ring vom Finger, den sie seit dem Tod des Vaters getragen hatte und gab ihn ihm wortlos. Er hatte in ihren Augen gesehen, dass sie nicht erwartete ihn jemals wieder zu finden. Sie erlaubte ihm keine Tränen und verschwand. In ihrer Wohnung war sie nicht mehr sicher. Wenn sie kamen ihn zu suchen, würden sie anstelle seiner sie verhaften. Der rötliche Ring passte gerade auf seinen kleinen Finger.

Die weiße Frau machte einen sehr erschrockenen Eindruck. Tröstete ihn. Nahm wieder seine Hand, versprach wieder zu kommen.
Sie kam wieder. Jede Woche. Sie fuhr ihn mit ihrem Auto zu ihrem Haus. Noch nie war er im Haus einer weißen Familie gewesen. Sie zeigte ihm alles, stellte ihm ihre Kinder vor. Die waren klein, aber hatten große Zimmer mit unsagbar viel Spielzeug. In keinem Geschäft in Guinea hatte er so viele Spielsachen gesehen. Die Kinder waren freundlich. Was wollten diese Leute von ihm?
Er erzählte den anderen Jungen im Heim von dieser Frau, die behauptete, sein Vormund zu sein. Er solle vorsichtig sein, sagten sie. Normalerweise kümmerten sich die Vormunde wenig um die Jungen. Die meisten hatten ihren

nur ein oder zwei Mal gesehen. Das war nicht normal, nach Hause eingeladen zu werden.

Sie kam immer wieder, jede Woche. Erzählte ihm, dass es bald wärmer werden würde in diesem Land, dass es einen Sommer hier gäbe. Bot ihm zu essen an, aber er wollte nicht essen. Sie stellte keine Fragen mehr. Einmal musste er zum Arzt. Die Mitarbeiter im Heim riefen sie an und sie begleitete ihn. Das war ihm unangenehm. Sie erklärte ihm, was er mit den Medikamenten tun sollte, verabschiedete sich. Er wartete die ganze Zeit darauf, dass sie ihm endlich sagte, was sie von ihm verlangte. Sie war immer so freundlich, behandelte ihn wie einen Gast. Was wollte sie?

Am Geburtstag ihrer Tochter freute sie sich, dass ihre Kinder jetzt vier und sieben Jahre alt waren und damit der größte Babystress überwunden schien. Sie kam gut zurecht, auch mit ihrem Beruf, und dachte daran, dass sie früher eigentlich immer vier Kinder gewollt hatte. Nach dem zweiten Kind hatte sie die Idee verworfen und sich geschworen, nie wieder ein Baby groß zu ziehen, aber sie liebte Kinder und jetzt wäre wieder Platz und Zeit für ein weiteres Kind gewesen. Sie verfolgte den Gedanken nicht weiter.

Es war Ende November und sie plante einen Beitrag über Weihnachten in der Fremde. Die Redaktion hatte ihr den Auftrag erteilt, im

Heim für unbegleitete Flüchtlingskinder zu recherchieren. Sie verabredete sich mit dem Leiter und zwei Jugendlichen. Die meisten Jugendlichen hier waren Muslime und mussten über die Feiertage irgendwie beschäftigt werden, denn während das ganze Land feierte, gab es keinen Raum für andere Freizeitaktivitäten. Das Heim lag in einer schönen Wohngegend, war aber schon von außen als ganz anders zu erkennen. Die Fassade war schmuddelig und das Glas in der Haustür hatte einen Sprung. Die Sträucher im Vorgarten waren ruppig zerzaust. Hier kümmerte sich niemand um einen schönen Eindruck. Als sie den Flur betrat schlug ihr ein beißender Geruch entgegen, den sie noch nirgends vorher gerochen hatte. Eine Mischung aus fremdem Essen und verbrauchter Luft. Warm war es hier drin, bestimmt vierundzwanzig Grad. Aus den oberen Etagen schallte laute Musik, die sie nicht weiter identifizieren konnte. Der Heimleiter bot ihr lächelnd einen Kaffee an und ließ zwei Jungen holen, die er für das Interview ausgesucht hatte. Anstelle der Weihnachtsvorbereitungen erzählten sie ihr ihre Geschichten. Der eine aus Pakistan war der älteste Sohn einer wohlhabenden Familie gewesen. Seine glückliche Kindheit endete abrupt, als er mit zwölf Jahren von seiner Familie nach Europa geschickt wurde, denn sein Onkel war in eine Familienfehde verstrickt, die nach pakistanischen Bräuchen innerhalb weniger Monate alle männlichen Familienmitglieder das Leben kosten würde. Der kleine Junge wurde von seiner Mutter außer Landes geschafft, kam nach Deutschland und wusste, dass ihm in der Heimat der Tod drohte. Was aus seinen Eltern und Geschwistern geworden war, hatte er nie mehr erfahren. Er machte gerade sein Abitur und wollte Informatik studieren, wenn seine Aufenthaltserlaubnis so lange verlängert würde. Er wurde in zwei Monaten achtzehn und mit der Volljährigkeit hörte die Geduld der Behörden meist auf.

Der andere Junge kam aus Nigeria. Sein Vater hatte sein Glück im Ausland versucht und immer viel Geld geschickt. Dann starb die Mutter. Der damals Vierzehnjährige reiste mit seiner schwangeren älteren und einer kleinen Schwester nach Deutschland zum Vater, den er todkrank vorfand. Wenige Wochen nach der Ankunft der Geschwister starb der Vater und hinterließ dem halbwüchsigen Sohn die Verantwortung des Familienoberhauptes. Hierher ins Heim kam er, weil er durch wüste Schlägereien zur Verteidigung seiner Schwestern aufgefallen war. Er hatte sich nach langem Anlauf gut in der Schule gemacht und wollte nun unbedingt einen Abschluss der zehnten Klasse machen.

Die Journalistin zeigte sich erschüttert. Weniger die Schicksale waren es, die sie nicht erwartet hatte, es war vielmehr die Resignation, die mitklang über die ständig gefährdeten Aufenthaltsbedingungen. Diese Jungen hatten eine schwierige Zeit hinter sich und wollten doch um jeden Preis einen Neuanfang. Sie bekamen im Heim Hilfe, aber die Behörden schienen diese Bemühungen nicht zu schätzen, ja schienen blind für die einzelne Situation. Sie erfuhr, dass es über hundert Flüchtlingskinder hier gab, die ohne Begleitung von ihrer Familie in die Fremde geschickt worden waren, in der Hoffnung auf ein besseres Leben. Manche waren verfolgt worden, hatten Todesangst durchlitten und viele Menschen sterben sehen. Andere konnten keine grausame Geschichte erzählen, nur vom Elend zu Haus und der Hoffnung auf ein besseres Leben in Europa. Spontan bot sie dem Heimleiter beim Abschied ihre Hilfe an. Wenn sie etwas tun könnte, er solle sie anrufen. Draußen kam ihr dieses Verhalten schon wieder unprofessionell vor. Sie konnte sich doch nicht von jedem Schicksal über das sie berichtete auch persönlich anrühren lassen. Aber Kinder waren ihr Schwachpunkt. Sie hatte viel Leid in der Stadt gesehen, soziale Härten, Drogenprobleme, Prostitution. Aber wenn es um Kinder ging, konnte sie das Elend, vor allem aber Ungerechtigkeit, viel schwerer ertragen.

Sie hatte nicht damit gerechnet, so schnell einen Anruf zu bekommen. Der Heimleiter hatte ihre Telefonnummer an einen engagierten Rechtsanwalt weiter gegeben. Er fragte, ob sie französisch spreche und ob sie bereit sei die Vormundschaft für einen Jungen aus Guinea zu übernehmen. Sie sagte spontan zu.

Auch beim zweiten Besuch im Heim waren ihr der Geruch und die ganze Atmosphäre unheimlich. Der Junge wurde ihr vorgestellt. Ein netter Kerl, allerdings ganz offensichtlich traumatisiert. Er hatte große Angst, das sah man ihm an. Sie versuchte ihr Schulfranzösisch zu aktivieren, redete einige Worte mit ihm. Die anderen ließen sie mit ihm allein und sie ermunterte ihn, seine Geschichte zu erzählen. Er kämpfte mit den Tränen und rang um Fassung während er erzählte. Sie schloss ihn sofort in ihr Herz und versprach ihm, alles in ihrer Macht mögliche zu tun, um ihm zu helfen. Er zeigte keine Reaktion auf dieses Angebot. Nach einer Weile bat er, in sein Zimmer zurückgehen zu dürfen. Sie versprach ihm wieder zu kommen. Jedes Mal, wenn sie ihn besuchte, hoffte sie auf eine Gefühlsregung. Ihre Familie hatte ihre Initiative gut aufgenommen und freute sich den Jungen kennen zu lernen. Sie brachte ihn mit nach Hause, aber er redete nicht viel. Meistens blieb er im Zimmer ihres Sohnes, spielte etwas mit ihm und schlief dann auf dem Sofa ein. Sie weckte ihn, wenn sie ihn zurück bringen wollte.

Er hatte die Warnungen seiner Landsleute im Ohr, aber diese Familie war wirklich sehr freundlich zu ihm. Er liebte vor allem den kleinen Jungen. Er war so blond und so unbefangen, spielte mit ihm, fasste seine Haare und seine Haut an und stellte ihm viele Fragen auf deutsch, die er nicht wirklich verstand, aber er fühlte sich wohl bei dem kleinen Kerl, der mehr als zehn Jahre jünger war als er, und in diesem Kinderzimmer mit den vielen Sachen ein so schönes Leben führte. Er brachte ihm Fußball bei. Wenn er draußen mit ihm kickte, sah er seine Betreuerin hinter dem Küchenfenster interessiert zuschauen. Ja, er wusste, dass er wunderbar Fußball spielen konnte. Wenn er doch nur zeigen könnte, wie gut er war.

In der Nacht kamen immer wieder diese Träume und am Tag die Angst. Wie lange würde es dauern, bis sie ihn zurück schickten? In so vielen Zimmern mit Schreibtischen und weißen Männern dahinter hatte er gesessen. Auch ohne die Sprache zu können, merkte er, dass sie ihm nicht glaubten. Seine Geschichte, erfunden wie die all der anderen, die hier her kamen. Die vielen bohrenden Fragen, die erhobene Stimme, wenn etwas unklar schien, der abschätzige Blick. Wie bei einem Verbrecher hatten sie seine Finger einzeln in schwarze Farbe getaucht und auf ein Transparent gedrückt. Im Fernsehen zu Hause hatte er das in amerikanischen Polizeiserien gesehen. Er wusch die Hände lange, aber das Gefühl die Farbe nicht abzubekommen blieb noch lange, genau wie das glatte, leicht seifige Gefühl auf den Fingerkuppen. Sie wollten ihn loswerden, das merkte er ganz genau. Aber im Heim und bei der Frau und ihrer Familie erlebte er Gastfreundschaft. Auch die anderen Jungen im Heim hatten Angst vor den Behörden und sie erzählten auch von anderen, die schon zurück mussten - oder rechtzeitig verschwunden waren. Ihm war kalt, die Bäume hier hatten immer noch keine Blätter, obwohl sie kommen sollten, irgendwann im Frühling, wie die Frau in ihrem schlechten Französisch erzählt hatte. Ihr schien dieses Wetter gar nicht so viel auszumachen. Er dachte an Conakry und die warmen Nächte in denen er mit seinen Freunden draußen war, barfuss oft und im T-Shirt. Schön war es in Guinea, das Meer, in dem er schwimmen gelernt hatte, der Strand, an dem er Fußball spielte. Nur der Stelle mit den vielen Tierkadavern durfte man nicht zu nahe kommen. Und wenn der Ball über die hohen Mauern der Häuser am Strand flog, war es auch sehr gefährlich, ihn wieder zu holen. Die Gefahr war es aber wert, denn so ein Ball war schon toll, zumindest besser als die Pappkartons und die alten Dosen, mit denen sie sonst kicken mussten. Seine Mutter war immer sehr wütend geworden, wenn er Fußball spielte. Sie schimpfte, auch wenn er nicht so genau wusste, was sie eigentlich dagegen hatte. Er fragte nicht. Was die Mutter sagte, war eben so. Nur, dass er natürlich heimlich weiter spielte. Mit schlechtem Gewissen zwar, aber er musste Fußball spielen. Es ging gar nicht anders. Auf dem Weg zur Schule schon fing er an. Manchmal kam er zu spät oder ließ die Schule ganz ausfallen, wenn er seine Kumpel traf. Und die Turniere waren wichtig. Sie spielten auf der Straße, jeder gegen jeden. Zu gewinnen gab es einmal einen Ball. Er hatte ihn nicht bekommen, weil ein anderer Junge einfach stärker war und ihn immer foulte. Er hoffte immer noch etwas zu wachsen, aber jetzt war er schon fast sechzehn. Die Spiele der Nationalmannschaft im großen Stadion, das war das Beste. Im Stadion selbst war er noch nie gewesen. Eintrittskarten konnten sie alle nicht kaufen, aber direkt hinter der großen Tribüne stand ein Strommast. Wenn er rechtzeitig dort war, konnte er noch einen guten Platz in dem Gittergerüst ergattern. Unter den vielen Menschen bog sich die biegsame Konstruktion wie ein Grashalm. Einmal war ein Mast umgefallen und viele Menschen waren verletzt worden oder sogar getötet. Er wusste es nicht, denn er war sehr schnell weggelaufen, bevor die Polizisten kamen. Die Schläge ihrer Knüppel hinterließen tiefe schwarze Streifen und manchmal gingen sie nicht wieder weg. Alles in seinem Leben drehte sich um Fußball, damals. Es schien ihm so lange her. Hier saß er nur jeden Morgen in einem tristen Klassenraum und lernte Deutsch. Nachmittags schlief er, wenn die Frau ihn nicht abholte. Sie hatten im Haus erzählt, dass es bald ein Fußballturnier für alle Jungen geben würde, ob er mitmachen wollte. Natürlich hatte er sofort zugesagt. Jetzt wartete er und versuchte weiter mit dem Ball des kleinen Jungen zu üben. Vierhundert mal konnte er den Ball auf seinen Füßen, Kopf und Knien aufticken lassen, ohne ihn den Boden berühren zu lassen. Er hörte dann meist nur auf, weil er irgendwann keine Lust mehr hatte.

Sie ärgerte sich über das System, das den Jungen völlig lähmte. Es stimmte, er war traumatisiert, und das Wetter hier, mit dem vielen Regen und den ungewohnt kalten Temperaturen, selbst im Sommer, brachte ihn nicht gerade in Schwung. Aber es war noch mehr, was ihn lähmte, und sie hatte vollstes Verständnis für seine Apathie. Alles schien ihm klar zu machen, dass er hier in diesem Land unerwünscht sei. Die Abschiebung hing wie ein drohendes Monster über ihm, er durfte nicht arbeiten, alle drucksten nur herum, wenn es um seine Zukunft ging. Andererseits waren die Mitarbeiter im Heim und sie engagiert, ihm eine Zukunft zu geben. Er sollte zur Schule gehen, sich hier eingewöhnen, Hoffnungen haben. Aber sie fragte sich, wie sie ihm das glaubhaft vermitteln sollte. Er saß in seinem kleinen Zimmer im Heim, dass er seit einiger Zeit für sich allein hatte, bekam zu essen und hatte Taschengeld. Das war erst mal alles, was sie für ihn tun konnten, und das machte ihn auch zufrieden. Was sie ihm nicht nehmen konnten, war die Angst. Wenn sie ehrlich war, hatte er keine Perspektive. Entweder durfte er hier bleiben, aber niemals arbeiten, oder er musste, was sie zu verhindern sich bemühte, zurück in sein Land. Er war sechzehn und ohne Zukunft. Er wusste das und alles, was auch immer sie unternahm ihm zu helfen, musste misslingen. Die Gesetze gaben es einfach nicht her. Deswegen legten im Moment alle Beteiligten ihre gesamte Energie in die Sicherung seines Aufenthaltsstatus. Das war auch für den Jungen im Moment das Hauptthema, aber in der Zwischenzeit driftete er in einen Strudel von Lustlosigkeit und gleichzeitiger Abgeklärtheit, die ihr Angst einflösste. Sie wünschte sich, seine Chancen hier zu bleiben könnten sich verbessern, wenn er sich einbrachte in dieses Land, wenn er zur Schule ging, eine Ausbildung machte, selbst für seinen Lebensunterhalt sorgte. Aber so war es nicht. Sie wünschte es sich, die Sozialarbeiter empfohlen es ihm, aber er war nicht dumm. Er wusste, dass sie alle hilflos waren. Ob er hier etwas leistete, oder den ganzen Tag schlief, änderte an seinen Chancen kein bisschen. Und das genau machte sie so wütend. Wenn sie in sein Zimmer kam, war er meist verschlafen, freute sich zwar sie zu sehen, aber machte auch irgendwie den Eindruck, gerade gestört zu sein. Sie kam, um ihn zu motivieren, aber er blieb zäh in seiner Lethargie hängen. Sie wusste, dass sie keine guten Argumente hatte, also wollte sie ihn wenigstens begeistern. Es kostete sie unendlich viel Kraft, und es führte zu nichts.

Er begann sich einzufinden. Zwar blieb die Sorge, aber je länger er hier in diesem Heim wohnte, in dem es warm war und er mehr Freiheiten hatte, als je bei seiner Mutter, gab es immer öfter Momente, in denen er vergaß, warum er überhaupt hier war. Anfangs war er noch freitags zur Moschee gegangen, aber die meisten Jungen gingen am Wochenende aus. Zögerlich schloss er sich ihnen nun hin und wieder an. Sie hatten das Handgeld aus dem Heim, so dass es für einen Discobesuch reichte. Er ging jetzt oft in eine Afrodisco. Zwar hielt er sich abseits von den anderen, aber inmitten der vielen Afrikaner, den dröhnenden Rhythmen und der stickigen Luft, war er doch Teil dieses Lebens. Es pulsierte durch ihn und betäubte seine Sorgen. Er stand bewegungslos und beobachtete die Bewegungen der Menschen. Hier war es wie im Heim, zwar nicht besonders schön, aber irgendwie ein bisschen wie zu Hause. Nur die alten weißen Frauen störten das Bild. Wie Touristinnen kamen sie hier her, um sich an die schwarzen Jungs heran zu schmeißen. Er fand das abstoßend, wobei er nicht wusste, was er als schlimmer empfand. Waren es die Frauen, die sich hier in offen zur Schau gestellter Lüsternheit ein Abenteuer kauften, oder die Jungen, die sich auf diese Art der Prostitution einließen, immer in der Hoffnung, vielleicht einen Vorteil davon zu haben? Für ihn kam das nicht in Frage. Allerdings ließ ihn die Art der weißen Frauen nicht unberührt. Sie waren so anders, als er es kannte. Seine Maman, wie er sie jetzt nannte, war eine von den sozialen Frauen. Sie sah ihn nicht als Mann und auch er empfand sie eher neutral. Aber ihm entging nicht, dass er als Schwarzer auf viele weiße Frauen eine unerklärliche Anziehungskraft ausübte. Es war kein ehrliches Interesse, das merkte er. Es war eher eine Sensation, ein Farbklecks, den sie sich in ihrem Leben gönnten. Dabei waren sie zielstrebig und selbstbewusst, und obwohl sein Gefühl ihm deutliche signalisierte, ihnen nicht zu trauen, war es schon ein gutes Gefühl, hofiert zu werden. Da war die Mitarbeiterin im Heim. Sie begleitete die Jungen manchmal mit zur Disco. Allein durch ihre Anwesenheit war es leichter für sie alle, Zutritt zu bekommen, denn die einzigen Papiere, die sie vorzeigen konnten, waren die Lappen der Ausländerbehörde. Es war peinlich, den Türstehern, diese vorzeigen zu müssen. Mit weißer, weiblicher Begleitung blieb ihnen das erspart. Es erschien ihm magisch, wie sich für weiße Frauen alle Türen zu öffnen schienen. Die Mitarbeiterin war nur ein paar Jahre älter als er selbst. Sie gab sich als Kumpel und er war nie auf die Idee gekommen, dass sie eine Art Erziehungsfunktion über die Horde Halbwüchsiger haben sollte. Er fand es komisch, dass sie ihn oft anfasste, ihm über das Haar strich, ihn knuddelte. So was taten anständige Frauen nicht. Obwohl sein Kopf ihn warnte, fühlte sein Körper Befriedigung und Sehnsucht, wenn sie da war. Er genoss den Körperkontakt und ließ sich mit ihr mit ziehen, berührte sie auch wie zufällig. Sie wehrte sich nicht dagegen. Wenn er in seinem Bett lag, wünschte er sich noch mehr Nähe, Berührung, und wartete darauf, dass sie am nächsten Morgen seine Zimmertür öffnete, um ihn zu wecken.

Bisher hatte er in der Disco keinen Alkohol getrunken. Er wusste, dass der Weg zu Drogen kurz war für einen wie ihn, und er wollte es auf keinen Fall riskieren. Deswegen hielt er sich auch immer zurück, wenn die anderen etwas unternahmen. Manchmal tauschte er etwas von seinen Sachen gegen eine Kette oder Uhr. Wie zu Hause tauschten sie untereinander Hosen, Pullover und alles andere aus. Manchmal behielt er die Sachen, manchmal verschwand etwas von seinen, manchmal funktionierte das Geschäft auch. Auf jeden Fall hatte er so oft etwas Neues mit Statuscharakter. Doch er beschränkte diese Kontakte auf ein Minimum. Bei der Mitarbeiterin war es nicht so gefährlich. Sie war auf der richtigen Seite. Also hielt er sich an sie, wenn sie abends weg gingen. Sie war lustig und immer in Bewegung. Es irritierte ihn, dass sie Bier trank. Er wusste nicht, wie es sich anfühlte betrunken zu sein, aber er konnte sehen, was es mit seinen Kollegen anstellte. Letztens hatte jemand nachts das Telefon im Hausflur des Heims aus der Wand gerissen. Seitdem mussten alle mit dem Handy telefonieren, weil der Anschluss nicht mehr funktionierte. Sie prügelten sich auch und wurden in Ärger verwickelt. Er konnte nicht begreifen, was an Alkohol gut sein sollte. Es machte ihn aber irgendwie neugierig. An einem Abend bestellte er sich auch ein Bier in der Disco. Es war teuer, aber er wollte ja auch nur eins. Es schmeckte nicht, aber darum ging es ihm ja auch gar nicht. Er wollte die Wirkung ausprobieren. Die Mitarbeiterin war heute wieder mit, und sie hatten viel Spaß. Erst als er spät aus der Disko auf die Straße kam, spürte er das komische Tanzen im Kopf. Es war ganz angenehm und er ließ sich von seiner Mitarbeiterin in den Arm nehmen und nach Haus begleiten. Er fand nichts Schlimmes dabei. Es war schön und ganz einfach. Sie lieferte ihn vor seiner Zimmertür ab und gab ihm noch einen Kuss. In dieser Nacht schlief er das erste Mal seit langer Zeit bis zum Morgen.

Als sie ihn das nächste Mal besuchte, machte er einen viel fröhlicheren Eindruck als sonst. Sie war erfreut und hoffte, dass der nun einsetzende Frühling seine Stimmung aufbesserte. Sie sprach mit der Mitarbeiterin darüber. Dennoch kam es ihr komisch vor. Als der Junge sie mit der Mitarbeiterin sprechen sah, wurde er wieder ernst. Er fragte, was sie geredet hätten. Sie sagte, nur wie es ihm ginge. Er schwieg und sah sie ernst an. Auf einmal begriff sie und lachte. Du magst sie gern, nicht? Er grinste verkniffen. Das war für sie Anzeichen genug. Er hatte sich verliebt. Das machte Hoffnung für den Frühling. Wenn er schon wieder Gefühle für einen anderen Menschen empfinden konnte, auch wenn es in diesem Fall die falsche Person war, konnte er es auch bei anderen. Er war ein hübscher Kerl und wenn er fröhlicher war, auch attraktiv. Eine kleine Liebelei erschien ihr im Moment als eine gute Kur für ihn und als ein Zeichen von Eingewöhnung.

Sie nahm ihn an diesem Tag wieder mit zu sich nach Hause. Es war das erste Mal in diesem Jahr so schön, dass sie auf der Terrasse sitzen konnten. Der Junge entdeckte den Garten wie einen neuen Lebensraum. Am Teich blieb er lange stehen und sah sich die Goldfische an. Ihr kleiner Sohn hockte sich zu ihm und zusammen spielten sie mit einem Stöckchen im Wasser, um die Fische anzulocken. Sie sah ihnen zu und hatte gute Laune. Auch wenn die Idylle ein Scheinbild war, gefiel es ihr gut. Nach einiger Zeit setzte der Junge sich zu ihr an den Tisch und lächelte. Ob er ihr eine Geschichte erzählen dürfte? Sie sagte natürlich ja und er begann von seinem Land zu erzählen. Die Sonne schien ihn zu beleben und seine Erinnerungen hoch kommen zu lassen. Er erzählte von dem See, in dem so viele Fische waren, dass ein ganzes Dorf davon hätte leben können und noch mehr. Aber niemand durfte sie fischen. Ein Magier hatte den See einst verzaubert, aus Wut über die vielen Klagen der Menschen. Wer nun einen Fisch aus diesem See aß, würde in einen tiefen Schlaf fallen, aus dem es kein Erwachen gab. Die Goldfische hatten ihn an diese Geschichte erinnert. Er erzählte auch, keine Ahnung, wie er darauf kam, in seinem Land würden alte Menschen sehr mit Ehre behandelt. Wenn ein alter Mensch sterbe, so sagten sie bei ihm, ginge eine ganze Bibliothek verloren. Jahre später las sie genau dieses Sprichwort als Zitat von Kofi Annan, dem damaligen UN Generalsekretär, in der Zeitung. Mit den Erzählungen des Jungen kam ein Stück Afrika zu ihr nach Hause. Er durfte an ihrem Leben teilnehmen und zum Dank hieß er sie ein bisschen in Gedanken in seiner Heimat als Gast willkommen. An diesem Tag fühlte sie sich ihm sehr nahe.

Dann, nur wenige Tage später, bekam sie einen Anruf aus dem Heim. Ob der Junge bei ihr sei. Sie verneinte und gleichzeitig riss der Schrecken ein spürbares Loch in ihren Magen. Sie versuchte ihn auf dem Handy zu erreichen, aber konnte ihn nicht erreichen. Er war weg, hatte sich nicht abgemeldet. Das hatte er noch nie getan. Sie kannte ihn als sehr zuverlässig. Hatte er seine Idee umgesetzt und war tatsächlich untergetaucht? Er hatte schon öfter über diese Möglichkeit mit ihr gesprochen und sie hatte ihm nur gesagt, dass er sein Handy nicht mitnehmen sollte, falls er einen Versuch machen würde. Er wollte nach Frankreich. Das hatte er ihr gesagt. Die Sprache war seine, es gab mehr Afrikaner und damit mehr Möglichkeiten illegal zu leben. Sie musste ihm Recht geben, aber der Weg über die Grenze war fast unüberwindlich. Die Weißen, die in ihren Autos die freien europäischen Grenzübergänge auf der Autobahn passierten, konnten sich nicht vorstellen, wie dicht die Grenzen Europas für Menschen mit anderer Hautfarbe waren. Auf einer regulären Zugfahrt von zwei Stunden wurde der Junge zwei Mal vom Bundesgrenzschutz kontrolliert. Sie selbst hatte in 15 Jahren, die sie Auto fuhr, fast noch nie eine Polizeikontrolle erlebt. Mit dem Jungen im Auto war sie schon einige Male angehalten worden. Sie drückte ihre Sorge aus, dass er aufgegriffen und in Abschiebehaft geraten könne. Er hatte sie beruhigt und versichert, dass er nichts machen würde, was ihr schaden könne, aber beide wussten sie, dass er an die Jungen dachte, die es erfolgreich geschafft hatten unter zu tauchen. Jetzt erschien es ihr, als sei er seinem Wunsch gefolgt. Sie konnte nichts tun, außer zu warten, und merkte, wie sehr sie sich bereits auf ihn eingelassen hatte. Sie sorgte sich um ihn wie um einen Sohn. Es hätte sich bei ihren eigenen Kindern nicht anders anfühlen können.

Ihr Handy klingelte. Es war der Junge. Er klang fröhlich und erzählte, er sei bei einem Freund in der Nachbarstadt. Sie seufzte erleichtert auf. Er hatte keine Ahnung gehabt, dass er bereits vermisst worden war, denn er hatte sich im Heim abgemeldet. Nur war beim Schichtwechsel bei den Mitarbeitern die Information verloren gegangen. Er hatte sie einfach angerufen, weil er gerade an sie gedacht hatte. Sie erzählte ihm von ihren Sorgen und seine Stimme wurde ganz liebevoll, fast erwachsen. „Maman, wir sind in unseren Gedanken verbunden. Ich merke das, wenn Sie sich um mich Sorgen machen." Sie musste lächeln, aber es war sein voller Ernst. Sie begann langsam daran zu glauben, dass es in Afrika wirklich andere Formen von Kommunikation gab, als das Telefon. Der Junge hatte Fähigkeiten, die sie erstaunten, denen sie sich aber langsam zuwendete.

Immer, wenn sie ihn im Heim besuchte, hatte sie Angst, ihn nicht zu erkennen. Sie traute ihrem Erkennungsvermögen immer noch nicht richtig, obwohl sie sich noch nicht ein einziges Mal vertan hatte. Selbst die beiden Jungen, die sie nur einmal kurz bei dem Interview gesehen hatte, konnte sie einwandfrei und spontan von den anderen unterscheiden. Dennoch blieb diese Unsicherheit. Es wäre ihr absolut peinlich gewesen, einen anderen Jungen mit seinem Namen anzusprechen. Auch in der Stadt passte sie immer ganz besonders auf, wenn ihr schwarze Jugendliche begegneten. Erst allmählich gewann sie das Selbstvertrauen, ihren Jungen aus tausend anderen heraus zu finden. Er machte es ihr nicht leicht, denn er hatte seine Haare entdeckt, um damit modische Trends auszuprobieren. Manchmal kam sie und fand ihn fast kahl geschoren, schon zwei Wochen später waren die Haare wie durch ein Wunder wieder ganz dicht gewachsen. Es sah immer witzig aus, wenn er etwas Neues ausprobierte.

Schwierig waren die Telefonanrufe. Er meldete sich jetzt regelmäßig, manchmal täglich. Sie fürchtete diese Gespräche, denn am Telefon war es noch viel schwerer sein Französisch zu verstehen und mitten aus dem Alltagsgeschehen heraus auf einmal in einer fremden Sprache zu sprechen. Sehr gesprächig war er auch nicht und sie wusste meist nicht, was sie sagen sollte. Es entstanden lange Pausen, die sie irgendwie zu füllen suchte. Meist merkte er auch schnell, dass die Situation bedrückend wirkte, und so blieb es bei kurzen Telefonaten. Dennoch stockte ihr jedes Mal kurz der Atem, wenn sie ihn am Telefon hörte. Sie wollte gern mit ihm sprechen und freute sich auch über sein Vertrauen und seine Anhänglichkeit, aber die Kommunikation war so schwierig und meist konnte sie aus dem Stand auch nicht helfen. Er klang so einsam am anderen Ende der Leitung, aber sie konnte nicht jedes Mal alles stehen und liegen lassen, um zu ihm zu fahren.

Sie stellte auch immer wieder erstaunt fest, wie wetterfühlig der Junge war. Bei Sonnenschein und steigenden Temperaturen blühte er auf. Wurde es kälter, grauer und nasser, schien er einzufrieren. Dann wurde es auch schwerer, Zugang zu ihm zu bekommen. Die kurzen Momente, in denen sie dachte, das Eis sei gebrochen, wechselten mit der ursprünglichen Verschlossenheit, sobald das Wetter umschlug. An einem dieser grauen Tage rief die Mitarbeiterin des Heims an, dass der Junge zum Arzt wolle. Sie willigte ein, ihn zu begleiten. Die Ärztin fragte nach seinen Beschwerden, aber er saß nur zusammengesunken vor ihr, vergaß seine wenigen deutschen Worte, die er bereits konnte, und klagte über

Schmerzen. Da viele Jugendliche aus dem Heim in diese Praxis kamen, war die Ärztin an solche Bilder gewöhnt und sehr einfühlsam. Während sie ihn untersuchte, gab sie der Begleitung den „Kleinen Prinzen" zu lesen. Sie schlug ihn an der Stelle mit dem Fuchs auf. Der Fuchs war ein scheues Tier und riet dem kleinen Prinzen, wenn er jeden Tag zuverlässig zur selben Stunde ihn besuchen käme, dürfe er jeden Tag ein Stück näher rücken und ihn vielleicht auch irgendwann berühren. Die Stelle traf genau auf den Jungen zu. Sie musste zuverlässig und schweigend für ihn da sein, bis er sich von allein öffnete, und nahm sich vor, dieses Bild immer vor Augen zu behalten. Was die Ärztin nicht behandeln konnte, waren seine seelischen Schmerzen. Eine Traumabehandlung war ganz offensichtlich angebracht, aber die Schwierigkeiten begannen schon mit der Sprache. Der Junge musste einen Therapeuten finden, der Französisch sprach und gleichzeitig auf Kinder und Traumabehandlung spezialisiert war. Der Heimleiter hatte bereits für andere Jungen einen Arzt gefunden, der allerdings eine Autostunde entfernt war. Nun hoffte er, die Mitarbeiter im Heim von dieser zeitaufwändigen Aufgabe zu befreien, indem er ihr nahe legte, die Begleitung zu übernehmen. Sie zögerte. Der Zeitaufwand, den sie bereits investierte, war enorm und schien sich noch stetig zu erhöhen. Wenn Sie jetzt noch einen Nachmittag der Woche zusätzlich belegen würde, käme mit Sicherheit anderes zu kurz. Sie musste schließlich nicht nur für ihre eigenen Kinder weiter da sein, sondern auch zwischendurch noch Zeit zum Arbeiten frei halten. Obwohl es ihr schwer fiel und es ihr fast wie Verrat an dem Jungen vorkam, sagte sie ab. Ein Mitarbeiter übernahm die Fahrten. Sie bedauerte später, dass sie den Therapeuten nicht selbst kennen gelernt hatte, denn schon nach zwei oder drei Besuchen, weigerte sich der Junge weiter dort hin zu fahren. Es war schwer, ihm eine Erklärung zu entlocken, aber schließlich rückte er damit heraus, dass er seine Geschichte nicht immer und immer wieder erzählen wolle. Das konnte sie verstehen. Der Heimleiter erklärte ihr, was diese dauernden Wiederholungen anrichteten. So ein Trauma verhielt sich so, dass bei jeder Erinnerung die Ereignisse wieder so präsent wurden, als würden sie gerade wieder geschehen. In Träumen war es so, als durchlebe der traumatisierte Patient genau den Horror noch einmal, der bereits lange Vergangenheit zu sein schien. Deswegen sei eine normale Therapie, die auf Erzählen beruhte, gar nicht so günstig. Leider seien spezielle Traumatherapien noch in der Entwicklung und vor allem, sie wurden nicht vom Sozialamt bezahlt. Er empfahl ihr, nicht weiter zu fragen, sondern nur darauf zu warten, dass der Junge von allein erzählte. Wenn sie ihm schon keine angemessene Therapie ermöglichen konnten, würde nur Geduld und langsam wachsendes Vertrauen eine Hilfe für ihn sein. Das war bei dem, was noch kam, eine schwierige Aufgabe.

Er bekam die Vorladung nicht selbst zu sehen, sondern wurde von der Mitarbeiterin informiert, wann er zu seiner Anhörung im Bundesamt für Flüchtlinge erscheinen müsse. Die Panik war sofort wieder da. Es nützte nichts, dass sie ihn alle beruhigen wollten, dass ihm nichts geschehen würde. Er hatte Angst, riesengroße Angst. Sein Kopf bemühte sich ruhig zu bleiben, aber sein Körper erinnerte sich mit jeder Faser an die Polizeistation und das Gefängnis in seiner Heimat. Ein dichter schwarzer Nebel legte sich auf ihn und ihm blieb nichts anderes, als ins Bett zu gehen. Schlafen konnte er nur schlecht, aber der schwarze Nebel war so leichter zu ertragen.

Als die Frau ihn abholen kam, schnürte es ihm die Kehle zu, seine Beine zitterten und sein Kopf dröhnte. Sie redete sanft auf ihn ein, aber weil ihre Stimme so leise war, drang sie kaum zu ihm durch. Er saß in ihrem Auto und zitterte, obwohl die Heizung voll aufgedreht war. Auf dem Weg in das große Backsteingebäude legte sie ihren Arm um seine Schulter. Es nützte nicht viel, aber so mussten seine Beine und Füße zumindest folgen und konnten nicht stehen bleiben. Er war wie in Trance, registrierte kaum, dass die Frau ihn anmeldete, sie in einem überfüllten Raum warteten. Wie lange, konnte er nicht sagen. Es war besser hier zu warten, als rein gehen zu müssen. Was würden sie von ihm verlangen? Was musste er erzählen?

Dann, er wusste nicht mehr, wie es geschehen war, aber er saß in einem kleinen Raum an einem Tisch. Gegenüber hatte ein Dolmetscher Platz genommen. Obwohl er Fuller sprach, schien er ihn nicht zu mögen. Es war keine Solidarität zu spüren. Die Fragen waren komisch. Er bemühte sich, alles zu verstehen und sich zu konzentrieren, aber meistens wusste er dennoch nicht, was der Beamte von ihm wollte. Ob er einen Pass hätte? Natürlich nicht. Und ob er jemals einen gehabt hätte? Außer einem Schülerausweis hatte er nie etwas besessen. Niemand, den er zu Hause kannte, hatte einen Pass. Höchstens Politiker oder Armeeangehörige, die ins Ausland verreisen mussten, hatten Ausweise. Und dann die Frage nach einer Geburtsurkunde. Woher sollte er das wissen? Und wann er in die Schule gekommen sei, wer das entschieden hätte? Seine Eltern hatten das alles für ihn geregelt und er war nie auf die Idee gekommen, darüber nachzudenken oder jemanden danach zu fragen, warum er nicht eher in die Schule gehen sollte. Die Fragen nach seiner Mutter schmerzten ihn besonders. Konnte er dem Dolmetscher trauen? Wenn er jetzt zu viel von ihr erzählte, würde es ihr schaden? Warum wollte der Mann wissen, welche Fächer seine Mutter am Lyzeum unterrichtete? Er weigerte sich einfach weiter zu antworten. Als er schließlich seine Geschichte erzählen durfte, wurde er schon nach zwei Sätzen von dem Beamten unterbrochen. Er stellte so viele Zwischenfragen, dass er gar nicht mehr wusste, wo er weiter erzählen sollte. Sein Kopf rauschte und alles drehte sich. Er war froh, als er endlich gehen konnte.

Sie fand, wenn die Bundesregierung Flüchtlinge abschrecken wollte, schaffte sie es schon allein durch das Gebäude des Bundesamtes. Hässlicher und liebloser konnte ein Haus nicht sein. Nicht nur, dass es sich inmitten alter Industrieanlagen befand. Der meterhohe Maschendrahtzaun war ihrer Meinung nach völlig unnötig. Wer sollte hier wohin flüchten? Es wirkte wie ein Gefängnis, aber alle Türen standen doch offen? Die Pforte glich eher der Schleuse an einem Fußballstadion, mit Drehkreuz und Kontrolleur. Die Papiere des Jungen, wenn man bei den Lappen für die vorübergehende Duldung überhaupt von Papieren reden konnte, wurden einbehalten, sie musste sich ausweisen und sah, wie der Pförtner alle Angaben in langsamer Genauigkeit auf ein großes Formular übertrug. Dann durften sie endlich weiter gehen in den Warteraum. Sie ließ sich betäubt auf einen der wenigen noch freien Plätze fallen. Was für ein Menschengewirr. Familien mit unzähligen Kindern, Frauen, die allein oder zu zweit nebeneinander hockten, junge Männer in Trainingsanzügen und Machopose, dazu von jeder Seite andere Sprachfetzen. Sie bemühte sich zu raten, um welche Sprache es sich wohl handeln konnte. Der Raum war ziemlich groß, hatte festgeschraubte Stuhlreihen, an deren Ende jeweils ein Mülleimer stand. Außer dem großen Verbotsschild für das Rauchen gab es keinen Schmuck an den graugrün gestrichenen Wänden. Jemand hatte mit Filzstift etwa fünfzig Mal UCK auf die Wand gekritzelt. Auf einigen Stühlen erkannte sie arabische Schriftzüge. Die Atmosphäre war trostlos, wenn nicht bedrückend. Sie betrachtete die einzelnen Menschen und fragte sich, wie sie sich wohl hier in Deutschland einfinden könnten, wenn sie denn das Glück hätten, hier bleiben zu dürfen. Im Moment sahen sie genauso aus, wie sie sich Flüchtlinge vorstellte: Alte, zerschlissene und zusammengesuchte Sachen am Körper, graue Gesichter, die von schlechter Ernährung erzählten, auch bei den Kindern, schlechte Zähne bei den Erwachsenen. Es würde Jahre dauern, eine solche Familie hier zu integrieren und ob sie alle dabei glücklich würden, war eine Frage, die sie sich nicht eindeutig beantwortete. Wenn Menschen aus so fremden Kulturkreisen unbedingt hier sein wollten, unter Bedingungen wie Vieh gehalten wurden, ohne sich zu wehren, wie groß musste die Not, die Verzweiflung sein, wenn sie sich auf diese Reise machten? Sie stellte sich vor, was sie veranlassen könnte, jetzt zum Beispiel in den Kaukasus auszuwandern. Selbst wenn es dort so viel Geld gäbe wie in Saudi Arabien, würde sie nicht einfach gehen. Sie hatte es ja nicht einmal geschafft, nach Australien auszuwandern, nicht, weil sie jemand daran gehindert hätte, nein, sie fühlte sich da frei wie ein Vogel. Sie hatte einfach die Entscheidung nicht treffen wollen, für immer alles hier zu verlassen. Sie wusste, dass Menschen das taten, frühere Mitschüler von ihr, was sie bewunderte, aber sie selbst hatte irgendetwas gehalten. Diese Menschen hier, hatte nichts dort gehalten, wo ihre Heimat sein sollte.

Zumindest ging die Wartezeit schnell herum, während sie die Menschen ansah und nachdachte. Hin und wieder ging eine schwere Stahltür auf und jemand wurde aufgerufen. Als sie selbst schließlich an der Reihe waren, sah sie, dass hinter der ersten Tür sogar noch eine zweite war, wie in einer Sicherheitsschleuse. Sie fragte sich, ob es hier zu Verzweiflungsausbrüchen der Asylsuchenden kam, wenn sich die Mitarbeiter so schützen mussten.

Die Befragung selbst hatte sie sich nicht so kompliziert vorgestellt. Der erste Fragebogen erschien ihr auch einfach und wäre ihrer Meinung nach in fünf Minuten abgehakt gewesen. Aber der Beamte hielt sich fast eineinhalb Stunden mit den Angaben zu Person auf. Er bohrte nachdrücklich, ob der Junge wirklich nie Papiere oder einen Pass gehabt habe. Sie fragte sich, ob es nicht normal war, dass ein Fünfzehnjähriger noch keinen Pass hatte. Sie selbst hatte erst mit sechzehn einen bekommen. Vorher hatten ihre Eltern das immer übernommen. Sie hätte in dem Alter auch mit

Sicherheit nichts zu einer Geburtsurkunde sagen können, geschweige denn, überhaupt von der Existenz einer solchen gewusst. Und auch sie hatte nicht nach dem Grund ihrer Einschulung gefragt. Warum auch? Sie wusste, dass ihre Mutter überlegt hatte, sie ein Jahr früher zur Schule zu schicken, das aber verworfen hatte. Ihr selbst war das damals total egal gewesen. Die Frage nach eigenen Kindern und einer bestehenden Ehe schien der Junge als persönliche Beleidigung aufzufassen. Nachdem er eine Ehe zuerst verneint hatte, schien er nicht zu begreifen, warum er die Frage nach Kindern noch beantworten sollte. Er antwortete stattdessen gereizt, er habe doch gesagt, er sei nicht verheiratet. Sie konnte die Frage der Beamten verstehen, aber auch ihn, für den es offensichtlich eine Unmöglichkeit war, Kinder zu haben ohne eine vorherige Heirat. Dennoch wunderte sie sich, dass der Junge insgesamt so schlecht antwortete. Er schien wie gelähmt. War er blockiert? Die Antworten kamen schleppend und zäh aus seinem Mund. Langsam wurde der Beamte ungeduldig und ärgerlich. Als es um die Mutter des Jungen ging, griff sie ein. Es sei doch völlig unwichtig, solche Fragen zu stellen, besonders, weil der Junge doch so leide. Der Beamte wurde sichtbar gereizt, nahm sich aber zusammen und sprach ihren Einwand für das Protokoll in sein Diktiergerät. Sie fand die Befragung insgesamt sehr darauf angelegt, hinter jedem Satz Lügen zu finden. Sie glaubte dem Jungen, aber für sie hing auch nichts davon ab. Sie wusste nicht, was diese Beamten, die jeden Tag in diesem schrecklichen Bau arbeiten mussten, und immerzu diese peinlichen Fragen stellten, sonst für Menschen vor sich hatten. Als sie endlich gehen durften, hatte sie das Gefühl, es sei nicht gut gelaufen.

Der Heimleiter bat sie noch in sein Büro als sie den Jungen zurück brachte. Er wollte wissen, wie die Befragung gelaufen sei, und sie erzählte, immer noch erschrocken, von dem Eindruck, den sie hatte. Er lächelte mild und bestätigte ihr, dass der erste Besuch im Bundesamt für die meisten sehr schockierend sei. Er erklärte ihr auch, dass gerade die Menschen, die traumatisiert seien, unter diesen Bedingungen gar keine zufriedenstellenden Antworten mehr geben könnten und gerade deswegen abgelehnt würden. Das hieße, die Traumatisierten hatten die wenigsten Chancen. Sie konnte über diese Prozedur nur verständnislos den Kopf schütteln. Gleichzeitig hatte der Besuch bei der Behörde sie völlig entmutigt und kraftlos gemacht. Sie konnte sich vorstellen, dass eine grausame Bürokratie Menschen brechen konnte. War diese hier extra so konzipiert? Hatte eine Demokratie so etwas nötig?

Dennoch war es gut, dass die Befragung jetzt vorbei war. Zwar war eine Anerkennung als Asylsuchender für den Jungen damit recht unwahrscheinlich geworden, aber zumindest würde er für eine Weile in Ruhe gelassen werden. Das erleichterte auch ihre Rolle und sie stellte sich auf etwas ruhigere Zeiten ein.

Dazu kam es aber nicht. Der Rechtsanwalt rief noch einmal bei ihr an. Sie würde ihre Aufgabe als Vormund ja vorbildlich ausüben. Ob sie nicht noch eine Vormundschaft übernehmen könne? Sie fühlte sich überrumpelt. Andererseits dachte sie an ihr vollmundiges Versprechen zu Anfang, alle erdenkliche Hilfe zu geben. Nach kurzem Zögern sagte sie zu. Das chinesische Mädchen würde nämlich in drei Tagen sechzehn Jahre alt werden und um als Vormund den Asylantrag stellen zu dürfen, musste sie noch vor diesem Geburtstag handeln. Sie traf sich mit dem Rechtsanwalt in dem anderen Heim der Stadt, in dem auch Mädchen untergebracht waren. Hier schien alles viel sauberer, fast wie in einer gut geführten Jugendherberge. Eine Mitarbeiterin rief das Mädchen, worauf gleich drei quirlige und gut gelaunte Chinesinnen die Treppe hinunter gehüpft kamen. Es war selbst für den Rechtsanwalt zuerst schwierig, die richtige von ihnen zuzuordnen. Es war ein hübsches, fröhlich wirkendes Kind. Was sie überhaupt nicht besprochen hatten, aber sich hätten denken können, war das Sprachproblem. Die Kleine konnte nur Chinesisch. Weder Englisch noch sonst eine andere Sprache war auch nur ansatzweise vorhanden. Deswegen waren die anderen chinesischen Mädchen hilfreich, die schon etwas länger hier waren, und übersetzen konnten. Das Mädchen nickte der Frau freundlich und erfreut zu, als ihr von der Vormundschaft erzählt wurde. Sie verabredeten sich für den nächsten Tag im Amtsgericht, um die Urkunde zu beantragen. Der Rechtsanwalt bedankte sich und verschwand. Sie hatte ein zweites Flüchtlingskind unter ihren Schutz genommen, das in diesem Fall noch nicht einmal mit ihr reden konnte. Dagegen war das gebrochene Französisch mit dem Jungen noch ein Luxus.

Sie holte ihren neuen Schützling morgens mit dem Auto am Heim ab. Die Kleine war fertig angezogen und pünktlich. Die Kommunikation über die anderen Mädchen schien zu funktionieren. Schweigend saßen sie eine Weile nebeneinander im Auto. Das Mädchen sah jetzt ernst aus, wenn sie sich unbeobachtet fühlte. Am Gericht verlor ihr Gesicht aber augenblicklich den abwesenden Ausdruck und das gewohnte Lächeln machte sich breit. Sie saßen vor dem Richter, der nun ohne Dolmetscher eine schnelle Entscheidung treffen sollte. Er verließ den Raum, um irgendetwas zu erledigen, und ließ sie wieder allein zurück. Mit dem Mädchen war es zwar seltsam, weil es nichts zu sprechen gab, aber die Stimmung zwischen ihnen war längst nicht so beklemmend, wie es zu Anfang mit dem Jungen gewesen war. Plötzlich nahm die Kleine ihre Hand und betrachtete sie. Sie zupfte an den Fingernägeln, um ein kleines Staubkörnchen zu entfernen. Musste ihr das jetzt peinlich sein? Oder war es ein gelungener Anlauf, nonverbalen Kontakt aufzunehmen? Sie wartete ab. Das Mädchen streichelte ihre Hand und hielt sie auch fest, als der Richter zurückkam. Ihm konnte das nicht entgangen sein. Hinterher schrieb er ins Protokoll, dass das Mädchen offensichtlich Vertrauen zu der neuen Bezugsperson gefasst hatte, da ein herzliches Verhältnis spürbar gewesen sei. Als sie gingen hakte das Mädchen sich bei ihr unter. Es war ein unerwartetes und spontanes Glücksgefühl, das zwischen ihnen aufflackerte.

Am nächsten Tag mussten sie zum Bundesamt. Sie hatte gedacht, diesen furchtbaren Ort für lange Zeit nicht mehr sehen zu müssen. Jetzt war sie zum zweiten Mal innerhalb einer Woche hier. Sie merkte, dass sie begann sich daran zu gewöhnen. Der Rechtsanwalt hatte sie genau instruiert, was sie beantragen sollte, denn offensichtlich lagen keine Asylgründe vor, obwohl sie die Geschichte des Kindes noch gar nicht kannte. Die erfuhr sie nun in der Befragung, die wesentlich friedlicher ablief, als bei dem Jungen. Die Dolmetscherin übersetzte, dass die Mutter des Mädchens im vergangenen Winter gestorben sei, nachdem sie lange Zeit von ihr gepflegt worden war. Der Vater hatte sein Glück im Ausland gesucht, als die Kleine gerade neun Jahre alt war. Sie hatte nach dem Tod der Mutter völlig mittellos in ihrem Haus gesessen, das dazu noch von Plünderern leer geräumt worden war. Nachbarn hätten ihr geholfen, den Rest ihrer Habe zu verkaufen und damit die Schlepperbande nach Deutschland zu bezahlen. Ihre Mutter hatte nämlich auf dem Sterbebett gesagt, der Vater hätte sich die letzten Male aus Deutschland gemeldet und sie solle ihn dort suchen. Das Mädchen erzählte diese Geschichte ruhig, wenn auch ernst, aber ohne sichtbare Gefühlsregung. War es möglich, dass eine Fünfzehnjährige so gefasst und so erwachsen sein konnte, angesichts des gerade erlebten Todes der Mutter? Sie war also hier um ihren Vater zu suchen und der Beamte gab den Namen gleich in den Computer ein. Es gab keine Suchergebnisse. Mit Hilfe der Dolmetscherin probierten sie alle möglichen Schreibweisen des aus dem chinesischen übersetzten Namens, aber ein Mann mit diesem Namen hatte sich in den vergangenen sechs Jahren nicht in Deutschland gemeldet. Selbst die Befragung des europäisch vernetzten Computers blieb erfolglos. Fast eine Stunde verwendeten sie auf die Recherche. Dann teilte die Dolmetscherin dem Mädchen das Ergebnis mit. Sie schwieg einen Moment und sagte dann mit gepresster Stimme kurz etwas und schwieg wieder. Was hat sie gesagt? Die Dolmetscherin zögerte zu übersetzen und bei dem Mädchen stiegen langsam die Tränen in die Augen. „Sie hat gefragt, was sie denn jetzt hier machen solle, ohne ihren Vater, ohne irgendjemanden." Die Verzweiflung der Worte war selbst noch nach der Übersetzung zu hören. Sie legte nun ihrerseits ihren Arm um das Mädchen und bat die Übersetzerin zu dolmetschen, dass sie dafür nun da sei. Das schien ein Trost zu sein, wenn auch ein schwacher.

Der Beamte war sichtlich gerührt von der Szene. Er würde so oft belogen, erzählte er redselig, aber er könne nach zwanzig Jahren in dieser Behörde merken, wenn eine Situation echt sei. Er hätte selbst eine Tochter in dem Alter und wolle sich gar nicht vorstellen, dass ihr so etwas passieren würde. Er machte dann noch einen sehr konstruktiven Vorschlag, der die Duldung des Mädchens in Deutschland unbefristet sichern würde, indem er auf ihre Mittellosigkeit in der Heimat verwies, so dass sie aus humanitären Gründen hier versorgt werden müsse. Es war schon erstaunlich, in diesem Haus, in dieser abweisenden Atmosphäre plötzlich die Menschen hinter dieser Arbeit zu bemerken. Menschen, deren Beruf es war, über das Schicksal von anderen zu entscheiden, die nicht ohne Grund die größten Lügengeschichten der Welt aufgetischt bekamen und im Laufe der Zeit sozusagen aus Professionalität misstrauisch wurden. Sie unterstanden dem Zwang der Gesetze, die nicht von ihnen gemacht waren, und mussten sich jeden Tag durch einen Sumpf von Elend wühlen. Um so erstaunlicher, dass die Gefühle noch sichtbar werden konnten, wenn ein Mädchen hier bescheiden und ganz natürlich erzählte, und ohne jede Maske ihre Verzweiflung zeigte, nicht wehleidig oder theatralisch, sondern so, wie die Verzweiflung sich eben zeigt, wenn sie zwanzigtausend Kilometer von ihrer Heimat auf einmal feststellen muss, dass sie, noch halb Kind, völlig allein auf dieser Welt steht. Sie hatte mit ihrer offenen Art einen Berg versetzt, denn nicht nur, dass sie das Herz des Beamten berührt hatte, auch der Frau war eine Tür geöffnet worden. Sie empfand die Sachbearbeiter auf der anderen Seite des Schreibtisches auf einmal nicht mehr als ihre Gegner, sondern merkte, dass nur eine gute und menschliche Zusammenarbeit zu einer echten Hilfe für die Flüchtlinge führen konnte. Für ihr weiteres Engagement blieb diese Erfahrung nicht ohne Folgen.

Sie war eher aufgeregt, als dass sie Furcht hatte. Sie war traurig gewesen, als ihre Mutter starb, aber schon die ganzen letzten Jahre war sie fast völlig auf sich allein gestellt gewesen. Die Ärzte hatten nicht feststellen können, was für eine Krankheit es war. Jedenfalls war sie immer schwächer geworden. Schon mit dreizehn war die gesamte Hausarbeit, das Kochen, Einkaufen und Putzen an ihr hängen geblieben. Mit vierzehn konnte sie dann nicht einmal mehr zur Schule gehen, weil die Mutter nur noch im Bett lag und gepflegt werden musste. Schlimmer konnte es nun eigentlich nicht mehr werden. Es war eine lange Busfahrt von ihrem Heimatort bis nach Peking. Die Männer, die sie zum Flughafen brachten, sprachen kaum mit ihr, aber das fand sie beruhigend. Zumindest musste sie keine Angst haben, von ihnen bedrängt zu werden. Nach einem langen Flug kam sie an, in dem Land, aus dem ihr Vater sich zuletzt gemeldet hatte. Wie er wohl sein würde? Sie konnte sich kaum an ihn erinnern. Und wie sollte sie ihn finden? Sie musste auf ihr Glück und den richtigen Weg vertrauen. Zuerst wurde sie in eine riesige Unterkunft zusammen mit hunderten anderer Menschen gebracht. Es war laut hier und es stank. Dazu war das Essen furchtbar. Wie konnten die Menschen hier so etwas essen? Sie suchte nach Möglichkeiten sich selbst etwas zuzubereiten, denn kochen konnte sie gut. Es fehlten nur die richtigen Zutaten. Weder gab es Algen, noch Hühnerfüße, auch die Auswahl an Gemüse war klein und abstoßend. Sie merkte, dass sie schnell an Gewicht verlor. Das gefiel ihr aber gut, denn die Models aus Peking in den Modezeitschriften, die sie zu Hause an die Wand geheftet hatte, waren auch schlank. So schön wollte sie sein, wie diese Frauen, die immer so modisch gekleidet waren.

Jeden Tag fuhr ein Bus von der Unterkunft zur Behörde. Sie wurde aufgefordert einzusteigen. Mit allen anderen wurde sie vor einem hässlichen Gebäude aus roten Steinen abgeladen. Am ersten Tag kam sie gar nicht an die Reihe und wartete nur. Sie hatte Hunger, denn es gab nichts zu essen hier. Sie sah die anderen Frauen, die für ihre Kinder und Männer etwas aus der Unterkunft mitgenommen hatten. Da sie aber nicht fragte, gab ihr auch niemand ewas ab. Am nächsten Tag rüstete sie sich selbst gut aus, nahm Wasser und einige der trockenen Teigballen mit, die es hier morgens gab. Die schmierige Fettschicht, die ihr angeboten wurde, mochte sie sich nicht darauf schmieren. Sie stank nach vergorener Milch. Butterbrot wurde das hier genannt. Als sie endlich aufgerufen wurde, ging alles ganz schnell. Der Mann hinter dem Schreibtisch sah ihre Unterlagen an und die Dolmetscherin übersetzte ihr, dass sie zu jung sei, um alleine einen Antrag zu stellen. Sie würde auch in ein anderes Heim kommen. Ihr war es recht. Sie wollte nur ihre Sachen noch holen dürfen. Das sei kein Problem. Nach einer Weile kam eine junge Frau sie abholen, fuhr sie an der alten Unterkunft vorbei und brachte sie dann in ein kleineres und sauberes Haus. Hier gab es nur Jugendliche. Das Essen war aber auch nicht besser, wie sie bald feststellen musste. Zumindest teilte sie ihr Zimmer mit zwei anderen Mädchen, die auch aus China kamen. Sie waren nett und halfen ihr. Jetzt konnte sie auch endlich jemanden fragen, wenn sie etwas nicht verstand. Zusammen mit ihren neuen Freundinnen ging sie einkaufen. Es gab tatsächlich Geschäfte hier, die alles hatten, genau wie in China. Allerdings war es sehr teuer und das Geld, das sie zu ihrem Einzug in die Hand gedrückt bekommen hatte, war schnell verbraucht. Zumindest gab es an diesem Abend ein gutes Essen. Sie hatten viel Spaß miteinander und als sie mit dem Kochen fertig waren und zu essen begannen, kamen sogar noch einige Jungen dazu. Sie fand es okay hier. Die Behandlung war gut und sie fühlte sich wohl.

Eine nette Frau wurde ihr vorgestellt, die mit ihr zu vielen Ämtern ging und schließlich auch dorthin, wo sie schon gewesen war. Sie schien gut zu sein und half ihr. Sie musste unbedingt die Sprache hier lernen, denn es störte sie sehr, dass sie nichts sagen konnte. Besonders als sie erfuhr, dass ihr Vater gar nicht in Deutschland war. Sie hätte so gerne laut auf geschrien und so viele Fragen gestellt. Die Frau war aber sehr lieb gewesen und sie hatte das Gefühl, bei ihr gut aufgehoben zu sein.

Nach dem Besuch in der Behörde kam sie dann mindestens einmal in der Woche vorbei. Sie setzte sich zu ihr ins Zimmer und sie sahen sich an. Manchmal war eine der Freundinnen dabei und konnte etwas übersetzen. Meistens aßen sie zusammen ein paar Orangen und sie kaufte immer verschiedene chinesische Spezialitäten und Süßigkeiten. Die Frau probierte alles, aber oft verzog sie das Gesicht. Sie mochte wohl nicht alles. Dann brachte sie ihre Kinder mit. Die waren süß und mit denen konnte sie sich viel einfacher beschäftigen. Sie faltete mit dem Mädchen aus Servietten kleine Blumen und kaufte für den Jungen Süßigkeiten. Die Frau saß einfach dabei und lächelte. Manchmal wollte sie etwas sagen, und wenn keine der anderen zum Übersetzen da waren, suchten sie sich gemeinsam mühsam durch das chinesische Wörterbuch. Dabei mussten sie viel lachen und es kam zu komischen Verwechslungen. Langsam konnte sie sich ein paar wenige Worte merken. Im Gegenzug brachte sie der Frau und den Kindern bei, auf Chinesisch bis zehn zu zählen. Das war lustig und die Zeit ging schnell um. Regelmäßig kam die Frau und sie freute sich auf die Besuche. Manchmal gingen sie zusammen ein Eis essen, aber meistens blieben sie im Heim. Die Frau hatte immer viel zu tun und nicht so viel Zeit für größere Unternehmungen.

Mit dem Mädchen schien alles viel einfacher, als mit dem Jungen. Sie musste sich zusammennehmen, dass sie ihn auch noch regelmäßig einlud. Langsam wurde die zur Verfügung stehende Zeit knapp und musste gerecht verteilt werden. Während der Junge weiterhin zu ihr nach Hause kam, besuchte sie das Mädchen im Heim. Sie wusste nicht, ob er eifersüchtig werden würde und wartete erst einmal ab, wie er auf längere Sicht auf die neue Situation reagieren würde. Das Mädchen mitzunehmen war sowieso schwierig, da sie sich gar nicht unterhalten konnten. Sie würde sie mitnehmen, sobald sie die nötigsten Worte Deutsch konnte. Zu Anfang hatte sie es sich schwierig vorgestellt, aber das Mädchen war so lebendig, dass die Zeit nie lang wurde. Sie unterhielten sich sogar irgendwie, nur ohne Worte. Zumindest kam so etwas wie ein Austausch in Gang. Wenn sie versuchte, die chinesischen Wörter auszusprechen, die das Mädchen ihr beibringen wollte, merkte sie erstmal, wie unterschiedlich die Sprachen waren. Einige Worte waren gar keine in ihren Augen. So hieß die vier einfach nur ss und nein wurde gleichermaßen nur gezischt. Besonders beeindruckt aber war sie, wenn das Mädchen etwas in chinesischen Schriftzeichen aufschrieb. Dafür, dass sie nur fünf Jahre zur Schule gegangen war, hatte sie erstaunlich viel gelernt.

Nach den Sommerferien sollte sie hier zur Schule gehen. In der Hauptschule gab es eine sogenannte Auffangklasse, in der die fremdsprachigen Kinder erst einmal mit den Grundzügen in Deutsch ausgestattet wurden. Das war dringend nötig, denn sonst wären sie im regulären Unterricht wohl alle unter gegangen. Die Auffangklasse war extra eingerichtet worden, weil an dieser Hauptschule so viele der Heimkinder eingeschult wurden. Es war eine Besonderheit, die es an anderen Schulen nicht gab. Sie fragte sich, wie einzelne Flüchtlinge, die nicht mit mehreren an einem Ort waren, ohne jegliche Hilfe die Landessprache lernen sollten. Ihr kam der Gedanke, dass es vielleicht gar nicht gewollt war und die gute Situation in ihrer Stadt nur auf das starke Engagement einiger weniger Sozialarbeiter zurückzuführen war.

Er war ganz überrascht, als die Frau auf einmal mit einem Kuchen bei ihm auftauchte. Auch dass der Mitarbeiter in der Gemeinschaftsküche auf einmal Kaffee aufsetzte war seltsam. Dass er Geburtstag hatte, war ihm völlig entfallen. Zu Hause war das keine große Sache gewesen, aber hier machten alle eine Art Fest daraus. Alle Jungen von der Etage wurden dazu gerufen, auch wenn sie zuerst gar nicht recht wussten, was das alles sollte, aber eine Abwechslung im langweiligen Heimalltag war es allemal. Es war schon gemütlich mit allen zusammen zu sitzen, den Kuchen zu essen und zu reden. Er wurde sechzehn heute, ein Alter in dem er zu Hause sicherlich schon gearbeitet hätte, bald ausgezogen wäre und geheiratet hätte. Hier saß er zum Nichtstun verdammt und alle wollten, dass er noch ewig zur Schule gehen sollte. Mit der Schulzeit übertrieben es die Menschen in diesem Land wirklich. Wann fingen die eigentlich richtig an zu arbeiten? Er konnte doch nicht noch jahrelang in diesem Heim bleiben. Doch im Moment war es viel wichtiger, dass er überhaupt hier bleiben durfte. Immer noch fühlte er sich nicht sicher und langsam hatte er den Verdacht, dass er sich niemals wirklich sicher fühlen könnte. Zu lange schon wurde er jetzt hingehalten. Alle drei Monate musste seine Aufenthaltserlaubnis verlängert werden. Zum Glück kümmerten sich die Mitarbeiter aus dem Haus darum, so dass er nicht jedes Mal selbst zur Ausländerbehörde gehen musste. Er hatte immer noch Angst, auch wenn die Frau ihm immer erklärte, dass ihm da nichts passieren könne. Sie hatte sich Mühe gegeben, ihm zu erklären, was passieren würde. Er würde, falls es dazu käme, einige Tage vor der Abschiebung Bescheid bekommen, sich zu melden. Erst, wenn er da nicht erschiene, würde die Polizei kommen und ihn abholen. Sie versicherte immer wieder, dass nichts ohne Vorankündigung laufen würde, aber er glaubte ihr nicht richtig. Was war denn das für eine Polizei, die Tage vorher ankündigte, dass sie kommen würden. Da wäre er doch längst weg. Wer ließ sich denn schon freiwillig festnehmen? Er verstand das System in diesem Land gar nicht, aber für blöd hielt er die Menschen hier nicht. Er wusste nicht, nach welchen geheimen Regeln sie hier funktionierten und so sehr er sich auch bemühte, er kam doch nicht dahinter.

Zumindest wollte er seiner Pflege-Maman eine Freude machen und sich für die nette Geburtstagsüberraschung bedanken. Er dachte an das chinesische Mädchen und besuchte sie in dem nicht weit von seinem gelegenen anderen Heim. Sie verstand nicht viel, aber doch so viel, dass er mit ihr zu Maman fahren wollte. Als er sie abholte, hatte sie intuitiv richtig gelegen und chinesische Spezialitäten eingekauft. Auch er hatte Hühnchen, Süßkartoffeln und Erdnussbutter dabei. Mit Bus und Bahn fuhren sie bis in den Vorort. Er fand es etwas komisch, mit einem chinesischen Mädchen in der Straßenbahn zu sitzen. Er hatte sich ja schon daran gewöhnt, mit seinen Freunden zusammen ständig angestarrt zu werden, aber diese seltene Konstellation schien noch mehr

Aufmerksamkeit auf sich zu ziehen. Dazu kam, dass sie sich kaum unterhalten konnten, denn sie sprach nur ganz wenige Brocken Deutsch, das er selbst noch nicht so gut konnte.

Die Maman freute sich, als sie die beiden an der Haustür begrüßte. Sie gingen gleich in die Küche und begannen zu werkeln, Töpfe heraus zu suchen und ihre mitgebrachten Zutaten auszupacken. Die Maman wollte helfen, aber sie schickten sie weg. Heute sollte sie ganz und gar verwöhnt werden. Es war eine schöne Stimmung im Haus und langsam hatte er das Gefühl in dieser Familie angekommen zu sein. Es dauerte Stunden, bis sie alles fertig hatten und weitere Stunden, bis sie sich durch alle Gänge hindurch gegessen hatten. Am Abend brachte die Maman sie beide wieder in die Stadt zurück. Er konnte gut einschlafen in dieser Nacht.

Sie war völlig überrascht, als sie ihre beiden Schützlinge auf einmal vor der Tür stehen sah. Sie enterten sofort die Küche und schickten sie weg. Erst wollte sie noch zeigen, wo einige Sachen stehen, aber dann ließ sie die beiden machen. Sie freute sich, dass sie so viel Leben ins Haus brachten und sich so sicher und vertrauensvoll bei ihr zu Hause bewegten. Sie musste sich nicht weiter kümmern und hatte sie doch im Haus. Ein gutes Gefühl, wie sie fand. Das Abendessen war dann eine echte Überraschung. Eine seltsame Kombination aus

Hühnchen in Erdnusssoße mit Süßkartoffeln und gedünstetem Chinagemüse mit Glasnudeln. Es war reichlich und sie schafften es nicht, auch nur die Hälfte von allem auf zu essen, aber die Stimmung war großartig. Ihre Kinder fanden es cool, mit den großen „Geschwistern" etwas zusammen zu machen und aßen ganz tapfer auch solche Sachen, die sie gar nicht kannten und die auch einen ganz fremden Geschmack hatten. Das erste Mal hatte sie den Eindruck, dass auch ihre Familie von ihrem Engagement profitierte. Fremde Kulturen und Menschen in direktem Kontakt, das schien die beste Methode etwas Neues zu lernen. Keine Projektwoche in der Schule konnte das leisten. Nach den ersten anstrengenden Monaten schien nun so eine Art Normalität und Nähe einzukehren. Sie merkte, dass sie stolz war, und fragte sich, ob dieses Gefühl falsch war. Warum hatte sie die Vormundschaften überhaupt übernommen? Natürlich wollte sie die Not etwas lindern, aber ein wenig wollte sie auch Heldin sein in ihrer kleinen Welt. Sie musste sich eingestehen, dass sozialer Einsatz nicht ganz uneigennützig war. Ein wenig Sensation, etwas Kompensation eigener schlechter Erfahrungen und etwas Anerkennung durch andere spielten mit hinein. Sie sah dieser etwas weniger spektakulären Seite ihrer Arbeit ins Auge und fand sich damit ab. Ihrer Vermutung nach war wohl ein großer Teil menschlicher Hilfsbereitschaft mit eher selbst bezogenen Motivationen vermischt.

Warum sollte sie so anders sein als andere? Solange sie sich ihrer Antriebe bewusst war, musste sie sich nicht schämen. Die soziale Arbeit sollte nur nicht zum Selbstzweck mutieren. Darauf würde sie achten.

Wenn er doch nur zeigen könnte, wie gut er Fußball spielte. Beim Hausturnier hatte er schon den Heimleiter und die Mitarbeiter beeindruckt, aber er wollte in einen großen Verein. Es war schade, dass er bei seiner Flucht nicht in Frankreich angekommen war. Nicht nur, dass er die Sprache konnte und das Untertauchen für Schwarze in den unübersichtlichen Banlieus der Großstädte viel einfacher war, besonders bedauerte er, nicht bei Lyon oder Bordeaux spielen zu können. Eine große Fußballkarriere würde ihm aus allem Elend helfen und sicherlich müsste er dann auch die Abschiebung nicht mehr fürchten. Er drängte darauf, zu einem Probetraining zu gehen. Die Mitarbeiterin im Heim und die Maman begleiteten ihn. Er durfte mit trainieren und anschließend sagten sie ihm, dass er sogar weiter zum Training kommen könne. Er war ermutigt, aber warum sprach der Trainer so ernst mit den beiden Frauen? Im Auto erklärten sie ihm, dass es ein Problem mit der Spielerlaubnis gebe. Er müsse einen Spielerpass beim Deutschen Fußballbund beantragen und dafür brauche er Papiere. Ohne Geburtsurkunde, müsse in seinem Heimatland angefragt werden, ob dort ein Nachweis seiner Herkunft bestehe. Ihm wurde schlecht. Sollte sein Fußballtraum tatsächlich daran scheitern, dass er keine Papiere hatte? Warum konnte er nicht einfach erstmal spielen? Er ging ziemlich entmutigt weiter zu den Trainings, aber es schien keine Aussicht auf eine Spielerlaubnis zu geben. Nach ein paar Wochen meinte der Trainer zur Maman, es hätte keinen Sinn. Keiner hier im Verein hätte die Zeit und die Nerven, sich um den Spielerpass eines illegalen Afrikaners zu kümmern. Er könne es ja mal beim Nachbarclub probieren. Er war erledigt. Was sollte er hier in diesem kalten Land nur anfangen, wenn er nicht Fußball spielen durfte? Das war das einzige, was er konnte. Obwohl er schon gar keine Lust mehr hatte, brachte ihn die Maman in der darauf folgenden Woche zu dem neuen Trainer. Der war ein harter Hund, wie es schien, aber er wollte dem „kleinen Afro", wie er ihn nannte, eine Chance geben. Dass er spielen konnte, sah man sofort. Das mit dem Pass könne dauern, aber er kümmere sich darum. Die Maman war zufrieden und ließ ihn beim Training zurück. Die folgenden Wochen zogen sich zäh dahin. Der Winter kam zurück, es war schon früh dunkel auf dem Platz und manchmal regnete es, dass er klatsch nass wurde. Aber er wollte durchhalten. Er hatte nicht viel Glück. Einmal wurde ihm sein Handy in der Umkleidekabine geklaut, ein anderes Mal sein Portemonnaie. Er kam nicht richtig an in der Mannschaft. Sie spielten ihm den Ball nicht zu und obwohl er lief und lief wie ein Hase, kam er nie zum Schuss. Er beschwerte sich beim Trainer, aber der blieb wortkarg. Sonntags fuhren die anderen immer zum Spiel, wovon sie beim Training am Montag erzählten. Er fühlte sich ausgeschlossen. Der blöde Pass kam einfach nicht. Er bat die Maman, noch einmal den Trainer zu fragen, denn mit ihr war er höflich und redete. Mit den Jungs war er ziemlich grob und gab keine Antwort.

Auch die Maman konnte kein Ergebnis erfahren. Er war frustriert, aber er merkte doch, wie wichtig es war, jetzt am Ball zu bleiben. Nach fünf Monaten, im Januar, kam endlich der Spielerpass. Der Trainer hatte eine Frist abgewartet, nach der er keine Antwort aus dem Heimatland des Jungen bekommen hatte, und dann einen Ausnahmeantrag beim Deutschen Fußball Bund gestellt. Das war schon ein toller Trick und er freute sich, dass der Trainer sich so für ihn eingesetzt hatte. Das war ein gutes Zeichen.

Er durfte jetzt endlich bei Spielen dabei sein und hin und wieder schoss er sogar ein Tor für seine Mannschaft. Seine Beliebtheit unter den Kollegen hatte einen enormen Schub bekommen. Dann im März passierte es. Er trat beim Training in eine Unebenheit auf dem Platz und riss sich ein Band an. Für diese Saison war es gelaufen. Irgendwie hatte er kein Glück. Und besonders mittwochs war kein guter Tag für ihn. Die schlimmsten Dinge passierten immer am Mittwoch.

Die Maman hatte seit einiger Zeit auf die Mitarbeiter im Haus eingewirkt, dass er zur Schule gehen sollte. Der Deutschunterricht im Haus hatte seine Wirkung getan, aber nun wollte sie, dass er richtig anfing, sich hier einzuleben. Er war nicht sicher, was ihn erwartete, aber eine Abwechslung war ihm Recht. Nach den Ferien wurde er eingeschult. Er bekam eine Tasche, einige Hefte und Stifte und viele gute Wünsche mit auf den Weg. Wegen seiner guten Deutschkenntnisse durfte er gleich in die reguläre neunte Klasse der Hauptschule gehen. Er ging erst hin, dann wieder hatte er einige Tage keine Lust. Das Aufstehen fiel ihm schwer. Er verstand nicht richtig, was im Unterricht erklärt wurde. Vor allem wollte er jetzt nicht auch noch Englisch lernen. Mathematik war unnütz und alles andere uninteressant. Er wusste nicht, was das sollte. Schließlich wollte er Fußball spielen. Alle hatten doch gesagt, dass er in Deutschland niemals arbeiten dürfe. Wozu also das ganze Zeug lernen?
Schon bald gab es deswegen Ärger. Die Mitarbeiter im Haus spitzten ihn an, er müsse zur Schule gehen. Dann riefen sie auch noch die Maman an, die auch zu Besuch kam und ihm ins Gewissen reden wollte. Ein Termin mit dem Heimleiter wurde vereinbart und da kam dieser doch noch auf die rettende Idee. Er war

so verständnisvoll und erklärte, dass er schon verstehen könne, warum er nicht zur Schule gehen wollte. Er überlegte. Warum konnte er das verstehen? Was meinte er nur? Dann kam ihm die Erleuchtung. Klar. Der Heimleiter hatte ihn doch auf sein Trauma hin untersucht und seine Fluchtgeschichte genau analysiert. Sicher meinte er, dass aufgrund der traumatischen Erlebnisse nach der Demonstration der Schüler in seinem Land, die ja schließlich zu seiner Flucht geführt hatten, Schule für ihn mit Angst behaftet sei. Er machte also jetzt immer ein sehr leidendes Gesicht, wenn er auf seine Schwänzerei angesprochen wurde und tat sehr geheimnisvoll. Nur die Maman schien das nicht zu glauben. Sie meinte, er solle erfahren und erkennen, dass Schule in Deutschland etwas anderes sei, als in seinem Heimatland. Mit dem Lernen an sich sollte er sein Gehirn genauso fit halten, wie seinen Körper für den Fußball. Was auch immer sie damit meinte. Er fand den Schulbesuch auf jeden Fall überflüssig.

Sie telefonierte öfter mit der Lehrerin des Mädchens. Sie führte die Sonderklasse, in der die Migranten erst auf den regulären Unterricht vorbereitet wurden. In dem Heim des Mädchens war man nicht so zimperlich gewesen, wie bei dem Jungen. Sofort zwei Wochen nach der Unterbringung dort wurden alle zur Schule geschickt. Das Mädchen konnte in der Sonderklasse nicht nur Deutsch lernen, sondern sich auch an die Regelmäßigkeit des täglichen Lebens gewöhnen. Nach den Erfahrungen mit dem Jungen wusste sie nun sehr genau, wie wichtig das war. Es half, die Ängste erstmal weg zu schieben, neue Menschen kennen zu lernen und der Tagesrhythmus vermittelte Sicherheit. Der Junge hatte erst ein halbes Jahr Ruhe bekommen, hatte gar nichts getan und war in seinen Alpträumen versunken. Jetzt sah er nicht ein, warum er sich plötzlich aufrappeln sollte. Es ging doch wunderbar auch so. Er sah keine Notwendigkeit, während das Mädchen es erst gar nicht anders kannte. Sie ging wie selbstverständlich zur Schule und gab ihr Bestes. Die Lehrerin war ganz angetan von ihr und in den Telefonaten gab sie noch zusätzliche Tipps, wie das Deutsch des Mädchens noch schneller besser werden konnte. Sie riet zur Strenge, einer andauernden Korrektur von Fehlern während des Gesprächs. Dabei war es doch schon super, dass sich die Kleine so schnell, in nur drei Monaten, so gut in der völlig fremden Sprache verständigen konnte. Eine super Lehrerin und Besserwisserin wollte sie nicht sein. Dennoch waren die Gespräche mit der Lehrerin interessant. Sie begann sich mit ihr im Café zu treffen. Es entstand Vertrautheit, aber ein gewisses Misstrauen blieb. Zu viel Engagement kam ihr immer etwas seltsam vor. Dabei musste sie gerade so denken, wo sie sich Hals über Kopf in diese Aufgabe gestürzt hatte. Aber sie legte Wert darauf, dass die Pflegekinder nicht ihr ganzes Leben beanspruchten. Sie kümmerte sich regelmäßig, meist ein Mal in der Woche und stand für Telefonanrufe und plötzliche Probleme zur Verfügung. Aber sie war auch froh, wenn sie einige Tage gar nichts von ihnen hörte. Sie musste zwischendurch immer wieder Kraft tanken. Es bedeutete einen Kraftakt, sich innerhalb kürzester Zeit intensiv auf völlig fremde Menschenkinder einzulassen, sie kennen zu lernen, Nähe zu ihnen aufzubauen und doch nicht dabei den Beruf und die eigene Familie zu vernachlässigen.

Manchmal musste sie sich sogar eingestehen, dass sie nur mit großer Überwindung zu den Kindern fuhr und froh war, wenn der Dienstag geschafft war. Eine unerklärliche Hemmung überfiel sie, wenn sie in das Heim des Jungen gehen wollte. Was sollte sie reden? Wie würde er reagieren? Sie brauchte immer einen Ruck und musste ihre Gedanken ausknipsen, wenn sie die vergammelte Haustür aufdrückte und in den beißenden Geruch des Hauses eintauchte. Sie verstand nicht, warum das so war, aber es war eine Belastung. Einmal sprach sie mit dem Heimleiter darüber. Er schmunzelte. Mal wieder konnte er sie gut verstehen und hatte dann sofort die Geschichte eines früheren Mitarbeiters auf Lager. Der hatte Jahre nachdem er schon nicht mehr hier arbeitete, einmal gestanden, dass er jeden Tag vor Dienstantritt erst drei Mal um den Block gefahren sei, weil er einfach nicht in dieses Haus wollte. Auch andere Mitarbeiter hätten ihm davon berichtet, wie schwer es ihnen Falle, immer wieder hier hin zu kommen. Es sei die andere Kultur, die einem hier immer wieder entgegen komme, das Fremde, das vom Kleinhirn abgelehnt würde. Sie war bestürzt. Hatte sie doch wirklich niemals etwas gegen fremde Kulturen gehabt, so etwas, das gemeinhin als Vorurteil bezeichnet wird, so musste sie jetzt fest stellen, dass sie nicht frei von Angst war, einem niederen Trieb, der von ihrem Unbewussten gesteuert wurde.

Manchmal wünschte er sich, genauso zu sein, wie die anderen Jungen im Haus. Er konnte es nicht mehr hören, immer diese Anspielungen auf die Maman. Die Bereitschaft ihm zu helfen war bei den anderen ziemlich gering. Sie verübelten ihm, dass er es anscheinend besser getroffen hatte. Er wurde zu netten Besuchen eingeladen, bekam eine engagierte Vertretung bei den Behörden und wurde gegenüber den Mitarbeitern im Haus immer in Schutz genommen von dieser weißen Frau. Wenn er Ärger gehabt hatte, war die Versuchung natürlich groß gewesen, sich bei der Maman auszuweinen. Sie hatte dann immer gleich mit den Mitarbeitern geklärt, was los war. Manchmal hatte er jetzt auch eher seine Ruhe vor ihnen, weil die ständigen Aussprachen ihnen lästig waren. Es gab eine Sonderbehandlung für ihn, die aber nicht unbedingt besser war. Zwar musste er sich nicht so viel anhören, aber dafür hatte er eine Außenseiterposition. Er wusste nicht, wie er das ändern sollte, aber er rief die Maman jetzt nicht mehr ganz so oft an, wenn er sauer war. Nur wenn er sich einsam fühlte und sich langweilte, hörte er gern ihre Stimme.

So langsam dämmerte ihr, dass sie ausgenutzt wurde. Der Junge rief bei ihr an, wenn er Ärger im Haus hatte, die Mitarbeiter riefen sie an, wenn sie mit ihm nicht fertig wurden. Sie hatte genug davon, dauernd den Streit schlichten zu müssen. Als dann auch noch einer der Mitarbeiter zu ihr sagte, der Junge würde von ihr verwöhnt, genauso wie ein Kind geschiedener Eltern, dass am Wochenende beim Papa die Sahneseite bekomme und den Alltag bei der Mutter als ungerecht empfinde, wurde es ihr zu bunt. Sie sprach zuerst mit ihm und sagte ihm, dass er sich im Haus wie alle anderen mit den kleinen und großen Ungerechtigkeiten abfinden müsse. Es nutzte ja auch nichts, wenn sie in Einzelfällen eingriff, denn beim nächsten Mal kam er dann noch schlechter weg. Dann knöpfte sie sich einen der Mitarbeiter vor. Sie wolle nicht in die internen Angelegenheiten des Heims hinein gezogen werden. Sie könne nicht dafür sorgen, dass der Junge zur Schule ging, wenn sie es nicht konnten. Sie wusste, dass sie damit Gefahr lief, nicht mehr so umfassend informiert zu werden, aber das musste sie in Kauf nehmen.

Bei dem Mädchen war das anders. Das Heim wurde wesentlich strenger und im kirchlichen

Sinne christlich geführt. Dafür wirkte es viel sauberer und aufgeräumter, aber die Erziehungsmethoden waren teilweise vorsintflutlich. Die Kleine hatte ihr erzählt, dass Teile des Taschengeldes einbehalten wurden, wenn sie abends zu spät zurück ins Haus kam. Das war dann doch ein Punkt, den sie gerne beredet hatte. Die Mitarbeiterin war sauer. Das Geld würde gespart für den Tag des Auszugs und irgendwelche Druckmittel müsste es ja geben, wenn es in einem Heim mit über fünfzig Kindern nicht drunter und drüber gehen sollte. Sie sah das Argument ein, aber dennoch erwartete sie von hauptberuflichen Pädagogen mehr Phantasie, als Taschengeldentzug für zu spätes Heimkommen. Sie konnte erreichen, dass zumindest für ihr Mündel die Regelung nicht mehr galt, unter der Bedingung, dass sie mit dem Mädchen noch mal genau darüber sprach. Das war gar nicht so einfach, weil die Sprache immer noch sehr lückenhaft war. Sie war fest davon überzeugt, dass sie keine absichtlichen Regelverstöße beging. Sie wusste manches einfach nur nicht, weil sie es nicht verstand.

So war sie einmal in den Ferien mit zwei Freundinnen in den Zug gestiegen und nach Köln gefahren. Sie hatte kein Problem darin gesehen, denn mit dem Heim hatten sie in den Ferien davor einen gemeinschaftlichen Ausflug dort hin gemacht und es hatte ihr gut gefallen. Was sie nicht wusste, war die Gebietsbeschränkung durch die Ausländerbehörde.

Mit ihrer Duldung durfte sie die Stadtgrenze nicht ohne Erlaubnis übertreten. Da die Mädchen im Zug auffielen, wurden sie auch prompt vom Bundesgrenzschutz kontrolliert und bekamen eine Ordnungsstrafe. Jeden Monat musste das Mädchen nun einen großen Teil des Taschengeldes überweisen, um die Strafe abzustottern. Es war zutiefst ungerecht, aber im Heim sah sich niemand veranlasst, etwas dagegen zu unternehmen oder Einspruch einzulegen. Sie selbst erfuhr erst davon, als das Mädchen sie bat, mit ihr zusammen ein Konto zu eröffnen. Die Einspruchsfrist war da schon abgelaufen.

Nach einem Besuch in der Disco war auf einmal der Ring weg. Er erschrak, denn das musste ein böses Omen sein. War seiner Mutter etwas passiert? War sie tot? Ein tiefschwarzer Druck fiel auf ihn herab. Der Ring war das letzte gewesen, was ihn mit seiner Kindheit verbunden hatte. Er schleppte sich langsam zurück ins Heim und fiel ins Bett, ohne auch nur das Licht im Zimmer anzumachen. Er schlief wieder sehr schlecht in dieser Nacht. Am nächsten Morgen wollte er am liebsten gar nicht wach werden. Er lag mit geschlossenen Augen da und wünschte sich in den Schlaf zurück. Bleischwer fühlten sich seine Arme und Beine an. Gegen Mittag rappelte er sich doch einmal auf, um ins Badezimmer zu gehen. Seine Augen waren verklebt und er blinzelte nur. Auf dem Weg zurück ins Zimmer trat er mit seinem nackten Fuß auf etwas scharfes, das am Boden lag. Er ärgerte sich über den Dreck im Flur und wollte das Ding wegkicken, als er sah, dass es der Ring war. Er musste ihn schon vor der Disco hier verloren haben. Tränen schossen ihm in die Augen vor Freude und Erleichterung. Er hob den kleinen Kupferring auf und sah, dass er an einer Stelle gebrochen war. Er konnte ihn nicht mehr tragen. Zwar war er froh, ihn wieder gefunden zu haben, aber dass er zerbrochen war, bestätigte ihn in seiner Vermutung, dass seiner Mutter etwas geschehen sein musste. Traurig legte er den Ring in seine Brieftasche, um ihn weiter bei sich zu haben. Er hatte nicht damit gerechnet, dass die Maman ihn darauf ansprechen würde. Als sie ihn wieder besuchen kam, fragte sie, wo der Ring geblieben sei. Er hatte nie mit ihr darüber gesprochen und doch hatte sie ihn genau genug beobachtet. In seiner Trauer freute er sich doch ein wenig. Sie bot ihm an, mit ihm zu einem Juwelier zu gehen, der den Ring wieder löten könnte. Er fand die Idee nett, aber was brachte das, wenn seine Mutter tot war? Die Maman war aber hartnäckig und schleppte ihn zu einem Goldschmied. Vier Tage musste er warten, bis er den Ring wieder hatte. Die Bruchstelle war nicht mehr zu sehen, aber er wusste, dass sie da gewesen war. Die Maman zahlte sogar die Reparatur. Sonst gab sie ihm eigentlich nie Geld.

Sie hatte es sofort entdeckt. Der kleine billige Ring an seinem kleinen Finger war sonst immer da gewesen. Sie hatte nie gefragt, aber es war ganz deutlich, dass er eine besondere Bedeutung für den Jungen hatte. Manchmal trug er üppige Goldkettchen, die er sich von seinen Kumpel ausgeliehen hatte, oder er tauschte sein Handy gegen einen ekelhaften falschen Brillantring ein. Sie würde nie verstehen, warum Männer sich mit einem solchen Schund behängen mussten. Aber dieser kleine zweifarbig gedrehte Ring aus Kupferdraht war seit dem ersten Tag da gewesen. Als er ihr dann erzählte, dass seine Mutter ihm den zum Abschied gegeben hatte, musste sie ihn überreden, ihn zu reparieren, auch wenn sie merkte, dass ihm das keine Freude machte. Mit dem Ring schien etwas anderes in ihm zerbrochen zu sein.

Der Junge sah gut aus, auch wenn er für europäische Verhältnisse klein gewachsen war. Deswegen wunderte sie sich nicht, als er ihr von einer Freundin erzählte. Er hatte sie in der Afrodisco kennen gelernt. Wie immer, wenn er ihr etwas erzählte, war es nicht ganz ohne Hintergedanken. Die Freundin hatte ähnliche Probleme mit der Ausländerbehörde wie er, weil sie auch aus Guinea kam und sich niemand um ihr Asylverfahren gekümmert hatte. Ihr drohte die Abschiebung. Da sie schon volljährig war, hatte sie auch keinen Vormund und war in der Asylunterkunft der Stadt untergebracht. Der Junge wollte ihr die Neue vorstellen und so fuhren sie gemeinsam zu den Heimen, die in alten Kasernen der abgezogenen Rheinarmee untergebracht waren. Hunderte Male war sie an den gar nicht so schlecht aussehenden Gebäuden vorbei gefahren. Als Schülerin hatte ihre Klasse sogar mal ein Theaterstück der englischen Schule hier besucht und eine Führung durch den Komplex bekommen. Damals war sie beeindruckt von der Schönheit hinter den Stacheldrahtzäunen. Die Briten hatten sich ein Stück des Königreichs und des imperialen Pomps mitgebracht und lebten auf einer kleinen heimischen Insel inmitten der deutschen Stadt. Mitte der neunziger Jahre wurden die Streitkräfte abgezogen und die Gebäude blieben leer und ausgeschlachtet zurück.

Als sie jetzt mit ihrem Wagen vor dem Tor hielt, kamen gleich mehrere afrikanische junge Männer auf sie zu und riefen nur „Advocat? Advocat?" Nein, sie sei keine Rechtsanwältin, musste sie die erwartungsvollen Menschen enttäuschen. Sie käme nur zu Besuch. Das Gelände war immer noch eingezäunt und am Torhäuschen musste sie ihren Personalausweis abgeben. Sie würde ihn zurückbekommen, wenn sie sich wieder abmeldete. Bis zweiundzwanzig Uhr müsse sie das Gelände verlassen. Die Prozedur kam ihr vor, wie in einem Gefängnis. Vielleicht war es ja auch so etwas Ähnliches. Sie schritt mit dem Jungen zusammen über den Hof auf das Gebäude zu, in dem seine Freundin untergebracht war. Das war wie ein Spießrutenlaufen. Sie fiel nicht nur auf, weil sie eine Weiße war, sondern auch, weil sie nicht wie die typischen Sozialarbeiter gekleidet war, die hier einige Stunden am Tag eingesetzt waren. Das Gebäude hatte vier Etagen und war mit Neonleuchten ausgestrahlt. Hier sah es wirklich nach Kaserne aus. Im dritten Stock gingen sie den langen Flur entlang und sie konnte in die Räume sehen. Sie waren ziemlich groß, etwa wie ein Klassenzimmer. Seine Freundin wohnte im vorletzten. Auch hier blendete eine lange Neonröhre in der Mitte des Raumes. An den Wänden waren rechts und links jeweils drei Etagenbetten aufgereiht. Zwischen den Fenstern vor Kopf stand noch einmal eins. Dazwischen kleine, verbeulte Blechspinde. Sie musste kurz rechnen und kam auf eine Belegung von vierzehn Personen in diesem Raum. In der Mitte stand ein Tisch. Einige Frauen, besonders, die eines der unteren Betten belegten, hatten sich eine Art Bude gebaut, wie sie selbst früher im Ferienlager. Mit Decken und Tüchern war der kleine private Raum abgehängt und schützte so vor den Blicken der anderen. Ihr wurde schmerzlich klar, dass diese Abgrenzung nichts mit dem kindlichen und gemütlichen Höhlenspiel ihrer Ferienzeit zu tun hatte. Diese Menschen hier lebten über Wochen und Monate auf einem Raum, der nicht mehr Privatsphäre zuließ, als ein mit Tüchern abgehängtes Bett. Sie unterhielt sich eine Stunde mit der Freundin des

Jungen. Allerdings sah sie nicht wirklich eine Möglichkeit ihr zu helfen. Mutlos ließ sie sie zurück. Auf dem Weg nach Hause kam ihr der Gedanke, dass Jugendliche, Nachbarn und überhaupt viel mehr Öffentlichkeit diese Asylunterkünfte vor den Toren der Stadt ansehen sollten. Hier wurden Menschen in einfachsten, wenn nicht unmenschlichen Zuständen gehalten. Es hatte schon einmal eine Zeit in Deutschland gegeben, als hinterher niemand gewusst haben wollte, was in den Lagern passiert war und wie Menschen dort hausen mussten. Natürlich waren die Unterkünfte nicht wirklich mit Konzentrationslagern zu vergleichen, aber einer humanen Gesellschaft wie der deutschen waren sie unwürdig und das Volk überließ es noch nicht einmal den Politikern, sondern vielmehr den Angestellten und Beamten der Stadtverwaltungen, wie sie mit den Menschen umgingen. Es kümmerte nicht wirklich jemanden, ob es den Flüchtlingen gut oder schlecht ging. Eigentlich wusste niemand so genau von den Vorgängen und Zuständen. Dass es hier fast täglich zu Vergewaltigungen kam, dass es Schlägereien zwischen Kosovo Albanern und Serben gab, dass das Essen vitaminlos und fad war, all das wäre ja noch besser, als im Heimatland umgebracht zu werden, hörte sie von Bekannten und Freunden. Aber es ging doch gar nicht darum, aus welchen Verhältnissen die Menschen hierher kamen und was sie gewohnt waren, sondern was wir bereit waren zu geben. Ein gastfreundliches Land waren wir sicher nicht.

Für ihr chinesisches Mädchen hatte sie beim Bundesamt für Flüchtlinge auf den Asylantrag verzichtet und eine Duldung erhalten, die darauf begründet war, dass die Kleine in China völlig mittellos sei. Keine Verwandten, kein Vermögen und keine Aussicht auf einen Kinderheimplatz. Dieser Paragraph verschaffte ihr einen Sonderstatus, nach dem sie nicht abgeschoben werden konnte. Dabei ging es gar nicht darum, denn nach China konnte niemand abgeschoben werden. Die chinesischen Behörden weigerten sich grundsätzlich, einen einmal aus der Volksrepublik ausgereisten Flüchtling als chinesischen Staatsbürger anzuerkennen. Chinesen gebe es schließlich auf der ganzen Welt und wenn es keine Papiere gab, konnten die Flüchtlinge ja auch aus Chinatown in New York oder aus Singapur oder einer anderen chinesischen Kommune der Welt kommen. Viel wichtiger an dem Duldungsparagraphen war, dass es so eine theoretische Chance auf eine Aufenthaltsbefugnis gab. Bei der Zentralen Ausländerbehörde erhielt sie ein Schreiben, dass eine solche Befugnis ausgestellt würde, wenn das Mädchen mit Passpapieren käme. Sie packte sich das Mädchen und eine Freundin aus dem Heim zum Übersetzen ins Auto und fuhr die hundertfünfzig Kilometer zum chinesischen Konsulat. Es war schon ein komisches Gefühl, mitten in dem gepflegten

Bonner Vorort auf einmal ein mit Stacheldraht abgeschirmtes Gelände zu betreten, in dem Wissen, hier auf einem Stück chinesischen Hoheitsgebiets zu sein. Die alte Villa war zu einem wirklich trostlosen Verwaltungsgebäude abgewirtschaftet. Die Räume hatten jeglichen Glanz alter Tage verloren, waren mit vergilbten und beschädigten Tapeten bekleistert und das Mobiliar hatte noch nie etwas hergemacht, so wie es aussah. Obwohl sie noch nie in einem sozialistischen Staat eine Verwaltung betreten hatte, kam es ihr vor, als hätte sie genau diese Atmosphäre erwartet. Die Schmucklosigkeit erfüllte jedes Klischee einer bürgerfeindlichen, abweisenden und diktatorischen Obrigkeit. Sie wurden von einem Zimmer ins nächste geschickt und mussten überall lange warten. In einem Raum hingen schlecht fotokopierte DIN A 4 Blätter an der Wand. Aus Langeweile begann sie zu lesen und stellte erstaunt fest, dass es sich um eine Anleitung zur Adoption chinesischer Kinder handelte, in Deutsch und Chinesisch. Der Text wirkte fast wie eine Werbung, so freundlich war das Prozedere beschrieben. Sie erinnerte sich an ein Gespräch mit dem Heimleiter. Er hatte immer Bedenken, wenn die Mädchen sich ihr Taschengeld im Chinarestaurant aufbesserten. Er glaubte nicht daran, dass es sich um einen Aushilfsjob handelte. Vielmehr hatte er seine Erfahrungen mit den Restaurantbesitzern gemacht und vermutete, dass die speziell chinesische Kinder bei den Schlepperbanden bestellten. Kam die Fracht an, wurden die fremden Landsleute adoptiert und konnten so kostenlos und ohne Arbeitserlaubnis sofort ihre Arbeit aufnehmen. Jahrelang schufteten diese Sklaven dann, um ihre Passage abzuarbeiten. Seitdem hatte sie immer ein komisches Gefühl, wenn sie im Chinarestaurant von einer jungen Frau bedient wurde, die nur wenige Brocken deutsch sprechen konnte. Nicht nur, dass der Heimleiter eine chinesische Mafia mit Menschenhandel dahinter vermutete, hier im Konsulat wurde diesen Leuten die Adoption sogar noch regelrecht erklärt, wie in einer Betriebsanleitung.

Endlich kamen sie an die Reihe. Der chinesische Beamte sprach mit ihr freundlich und fast akzentfrei deutsch, redete mit den Mädchen aber auf sehr unfreundliche Weise chinesisch. Das Mädchen musste ein Formular ausfüllen, in dem sie ihren letzten Aufenthaltsort in China angab, der angeblich geprüft werden sollte. Zu ihr gewandt bemerkte der Mann noch recht barsch, dass die Mädchen ja illegal hier seien, wenn sie keine Papiere hätten. Da könnte man meist nichts machen. Nach der Stunde im Konsulat, hatte sie das Gefühl draußen Freiheit zu atmen. Sie warf noch einen Blick auf die Schlange der Menschen, die ein Reisevisum beantragten und wesentlich netter von einer gut aussehenden jungen Dame bedient wurden. Sie sahen nur den Vorraum des Konsulats, während sie mit den Mädchen mitten hinein in die Verwaltungsmaschine gestoßen worden war. Sie wünschte all den Urlaubern mit Vorfreude, dass sie während ihres Urlaubs keine Diebstähle oder andere Schwierigkeiten erleben würden, denn in China selbst in die Fänge der Behörden zu geraten, stellte sie sich noch weit unangenehmer vor.

Sie fuhr mit den beiden Mädchen noch zum Rhein und zeigte ihnen an der Fähre den Ort Königswinter auf der anderen Flussseite. Es war kalt und der kleine Ausflug war schnell zu Ende. Sechs Wochen würde die Überprüfung dauern, war ihr gesagt worden. Nach drei Monaten rief sie an und musste feststellen, dass eigentlich niemand über den Vorgang Bescheid wusste. Wenn das Fax mit den Angaben überhaupt nach China gesendet worden war, hatte wahrscheinlich direkt darunter ein Papierkorb gestanden. Der Konsul selbst rief sie nach zwei Tagen noch einmal an, um ihr mitzuteilen, dass unter der Adresse, die das Mädchen angegeben hatte, niemals jemand mit diesem Namen gemeldet gewesen sei. Das hatte der Heimleiter voraus gesagt. Sie rang dem unwilligen Chinesen noch die Zusage ab, genau dieses Ergebnis schriftlich mitzuteilen. Er verstand nicht warum und schimpfte, dass das Mädchen ja falsche Angaben gemacht hätte. Warum sie nicht die Wahrheit sagen würde. Obwohl sie sich jetzt schon selbst vorkam wie eine Betrügerin, sah sie keinen Grund, warum das Mädchen falsche Adressangaben machen sollte. Eine falsche Geschichte zu erfinden, das war eins, aber mit der Chance auf eine Aufenthaltsbefugnis eine falsche Adresse anzugeben, das machte keinen Sinn.

Tatsächlich erhielt sie das Schreiben nach ein paar Wochen. Damit gerüstet stiefelte sie noch einmal zur Ausländerbehörde. Die zuckten dort nur mit den Achseln. Keine Papiere, kein Aufenthalt, so sah es das Gesetz vor. Der Beamte war sehr freundlich und erklärte ihr, dass ihm die Hände gebunden seien. Er könne nicht einfach ein Dokument ausstellen und damit alle Regeln der Passsicherheit über Bord werfen. Sie sah das ein. Ohne Geburtsurkunde oder einen anderen Nachweis der Herkunft konnte schließlich jeder kommen und sagen er wäre der und der. Eigentlich waren die Gesetze in Deutschland schon sinnvoll und konsequent. In ihrem Fall traf sie diese innere Logik nun allerdings mit voller Wucht.

Sie dachte nach. Wer konnte dazu etwas helfen? Eine Kollegin erinnerte sie schließlich daran, dass sie doch Journalistin sei und recherchieren solle, als wollte sie eine Geschichte schreiben. Das war ein guter Ansatz, denn so konnte sie mit mehr Abstand handeln.

Sie rief in Berlin bei der Ausländerbeauftragen im Bundeskanzleramt an. Nach vielen Stationen über Sekretariate und Pressestellen bekam sie den Referenten für Flüchtlingskinder an den Apparat. Sie erzählte ihm die ganze Geschichte, auch mit der Konsequenz, dass das ihr anvertraute Mädchen auf diese Weise niemals eine Chance bekäme zu arbeiten, immer von der Sozialhilfe leben müsste, und das so eine Situation nicht gewollt sein könne. Sie rannte bei dem sehr engagierten Mann offene Türen ein. Allerdings erklärte er ihr umständlich und langatmig, dass die Ausländerbeauftragte keinerlei Recht auf Gesetzesänderungen, Weisungen oder Ähnliches hat. Sie ist dem Bundeskanzler angeschlossen und hat nur beratende Funktion. Ein Gesetzentwurf läge seit Jahren in der Schublade und käme nicht durch, denn politisch sei die Frage der Flüchtlinge sehr brisant und im Moment nicht durchsetzbar. Aus Gründen der Integration solle sie doch bei ihrer Ausländerbehörde noch einmal fragen, ob es vielleicht eine humanitäre Ausnahmeregelung gäbe.

Mit einer Menge Argumenten gewappnet besuchte sie den freundlichen Beamten bei der Ausländerbehörde noch einmal und blitzte wieder ab. Er lachte sich schlapp, als er von dem Vorschlag des Referenten der Ausländerbeauftragen hörte. Der solle sich mal eine Woche hier an die Front setzen, höhnte er. Was er wohl meinte, was passierte, wenn er einmal eine Ausnahme mache. Die Tür würden sie ihm einrennen und alle sagen, was der durfte, will ich jetzt auch. Natürlich sei ihm das Problem bekannt, aber die Realitäten vor Ort seien nun mal hart. Und er könne auch nicht sehen, dass Integration gewollt sei. Vielmehr sollten alle illegalen Einwanderer abgeschreckt werden mit der Tatsache, dass sie niemals arbeiten dürften. Wenn nur einer durch die Maschen dieses konsequent gestrickten Netzes fallen würde, kämen die Flüchtlinge nur noch mit mehr Hoffnungen hierher. Um das zu verhindern würde in Kauf genommen, die hier Gestrandeten ein Leben lang unter Sozialhilfe zu halten. Er kam richtig ins Plaudern und schüttete ihr sein Herz aus. Der gesammelte Frust seiner hilflosen Arbeit ergoss sich über sie. Von Schlägereien mit seinem Klientel berichtete er, und dass sie alle an ihren Schreibtischen einen Notknopf hätten. Bei Betätigung kämen sofort Kollegen aus dem Nachbarbüro angelaufen. Auch hielten sie immer alle Durchgangstüren offen, damit jedes laute Wort sofort von den anderen registriert werden konnte. Er erzählte von dem jungen Afrikaner, der in einem cholerischen Anfall durch alle Büros vom ersten bis zum letzten gerannt sei und dabei alle Schreibtische mit dem langen Arm abgeräumt habe.

Ihr wurde klar, dass sie sich mitten in einer Situation befand, in der sich alle als Gegner empfanden, obwohl sie sich gerne geholfen hätten. Durch die Gesetze voneinander getrennt, mussten sie sich bekämpfen und die menschliche Seite unterdrücken. Hier und jetzt kam die menschliche Seite des Sachbearbeiters zum Vorschein. Dieser Beamte hatte ein Herz, und das war voller Angst. Natürlich konnte er mitempfinden, wie aussichtslos die Situation auf der anderen Seite des Schreibtisches war, aber wie viele Lügen hatte er sich schon anhören müssen und wie heftig war er schon beschimpft und angegriffen worden. Sein Misstrauen war zum Selbstschutz geworden.

Auf dem Weg nach Hause war sie tief in Gedanken. Einerseits diese Asylunterkunft mit den Zuständen, die nur Wut über die Verantwortlichen hervorriefen, andererseits diese sogenannten Verantwortlichen, die selbst nicht aus ihrer Rolle heraus konnten. Sie suchte nach der Ursache und blieb immer wieder im Gestrüpp ihrer Gedanken hängen. Wahrscheinlich war es schlicht der politische Unwille, Flüchtlinge in großer Zahl bei uns aufzunehmen. Die Politik wiederum spiegelte dabei nur die Ängste der Bevölkerung, denn das war der Seismograph ihrer nächsten Legislaturperiode. Sie wusste, dass sie selbst auch Angst bekommen würde, wenn ihr auf der Straße plötzlich mehr dunkelhäutige als weiße Menschen begegneten, wenn es aus den Küchenfenstern nach fremdem Essen riechen würde und in den Parks die Orientalen ein buntes Bild ihrer Heimat mit Picknick und vielen Kindern abgaben. In manchen Stadtteilen fand sie das noch exotisch, aber wirklich mitten dazwischen zu wohnen wäre doch bestimmt noch ein Schritt weiter. Dennoch mussten sie alle hier umdenken. Diese vielen jungen Menschen würden schon in kurzer Zeit die einzige Zukunft für viele Arbeiten sein. Die im Vergleich zu den Neuankömmlingen verwöhnten deutschen Jugendlichen wählten ihre Arbeit nach Lust und Prestige, ihr gutes

Recht, aber so wollte niemand mehr Bäcker, Fleischer oder Klempner werden. Zu schmutzig und zu schlecht bezahlt diese Jobs. Die neue Generation der Fremden wollte nur einen besseren Lebensstandard und war deswegen bereit, so ziemlich alle Arbeiten zu machen. Das war der Unterschied und nicht nur deswegen brauchten wir sie in diesem Land, das selbst viel zu wenige Kinder hatte.

Sie wohnte mit zwei anderen chinesischen Mädchen auf einem Zimmer. Es war eng, aber zum Glück verstanden sie sich alle ganz gut. An manchen Tagen kochten sie zusammen, denn das Essen im Heim war ungenießbar. Die Mädchen kauften dann im Asienshop die Lebensmittel ein, die sie aus ihrer Heimat kannten, dazu ein paar Süßigkeiten, wie Geleefrüchte oder saure, eingelegte Pflaumen. Sie bot immer der Mama und den Kindern etwas davon an, aber sie hatte noch nichts gefunden, was sie wirklich mochten. Meistens verzogen sie das Gesicht und wollten dann nichts mehr nachnehmen. Sie konnte jedenfalls das Essen hier nicht gut haben und freute sich auf die Kochabende. Meist kamen dann auch Jungen dazu. Chinesische Männer hatten mit Hausarbeit nichts am Hut und sie freuten sich, wenn sie bei den Mädchen mitessen konnten. Ein Junge war immer besonders nett zu ihr. Sie hatte zwar noch nicht daran gedacht, einen Freund zu haben, aber es war schön, in der Fremde jemanden nah zu haben, der ihre Sprache und Herkunft verstand. Er konnte so witzig sein und sie lachte viel mit ihm. Dann war sie seine Freundin. Sie wusste nicht so genau, wie sie das finden sollte, aber im Moment hatte sie nichts dagegen. Alle Mädchen im Haus hatten einen Freund. So war sie nicht allein, wenn die Pärchen zusammen saßen. Sie erzählte der Mama von ihrem Freund. Die freute sich auch, ermahnte sie aber mit einem Seitenblick auf den anschwellenden Bauch ihrer Zimmernachbarin, dass sie bitte aufpassen sollte. Sie fragte sogar, ob sie mit ihr zur Frauenärztin gehen sollte, aber das konnte sie selbst. Sie wollte auf keinen Fall jetzt schon ein Kind. Vielleicht sogar überhaupt nicht, denn sie genoss ihre neue Freiheit in dem fremden Land. Zu oft hatte sie miterleben müssen, wie sich das Leben veränderte, wenn Kinder kamen. Die Männer wurden unfreundlich und die ganze Verantwortung blieb an den Müttern hängen. Ihre eigene Mutter vor Augen, war sie sicher, dass sie keine Kinder wollte. Ihr Freund wurde zunehmend herrischer, drängte sie, fragte sie, wo sie gewesen war. Dabei hatte sie nur mit ihrer Freundin einen Einkaufsbummel in der Stadt gemacht. Er wurde böse und wollte ihr verbieten, ohne ihn weg zu gehen. Außerdem fand er es nicht gut, dass sie zur Schule ging. Das gefiel ihm gar nicht. Sie stritten viel, schon ganz am Anfang, und sie hatte eigentlich keine Lust auf so viel Theater. Sie sagte ihm, dass sie nicht mehr mit ihm zusammen sein wollte, aber sie hatte nicht damit gerechnet, dass er so wütend werden würde. Er lief hinter ihr her. Sie rannte auf die Mädchenetage und schloss sich ein. Er hämmerte laut gegen die Tür, so dass die Mitarbeiterinnen schon angelaufen kamen. Eine wirklich peinliche Situation. Er war nicht zu bändigen und in seiner Wut splitterte auf einmal das Glas der Tür. Zwei von den männlichen Mitarbeitern wurden dazu gerufen und sie brauchten all ihre Kraft, um ihn zurück auf sein Zimmer zu bringen.

Am nächsten Morgen begegnete sie ihm wieder im Flur und er war ganz lieb. Es war schon etwas besonderes, dass jemand so um sie kämpfte. Sie willigte ein, es noch einmal zu versuchen.

Es war irgendwie erschreckend, was der Heimleiter ihr erzählte. Das Mädchen machte immer so einen fröhlichen Eindruck und ließ sich gar nicht anmerken, welchen Ärger sie hatte. Sie fragte direkt nach dem Zwischenfall neulich nachts. Die Kleine wiegelte ab. Das sei alles vorbei und nicht so schlimm. Sie hätten sich schon wieder vertragen. Der Heimleiter äußerte noch weitere Bedenken. Er erzählte, dass der Junge immer seine Freundin vorschicken würde, wenn er etwas wollte. Er selbst weigerte sich deutsch zu lernen und sie musste alles für ihn erledigen. Für jede Salbe kam sie, um die Mitarbeiter danach zu fragen. Es sei nicht gut, dass er sie so ausnutze. Sie dachte lange darüber nach. Das Mädchen schien zufrieden zu sein. Vielleicht mussten sie hier umdenken. Es gab kaum schlimmere Machos als chinesische Männer, das hatte sie mittlerweile schon mitbekommen, aber sollte sich das Mädchen, das hier so fremd war, nicht arrangieren mit ihrer Kultur? Sie sprach mit ihr offen darüber. Es war klar, dass mit diesem Jungen eine andere Art von Beziehung statt fand, als sie es für richtig hielt, aber sie war bereit die andere Kultur zu akzeptieren. Nur Gewalt dürfe sie sich nicht gefallen lassen. Sie machte ganz deutlich, dass sie dann den Jungen sofort raus schmeißen würde. Sie hoffte, das Mädchen würde ihr vertrauen und ihr das Herz ausschütten. Aber was sollte sie sonst auch machen. Die Kleine war jetzt fast siebzehn. Sie kannte sie seit eineinhalb Jahren. Ihr war klar, dass sie keinen allzu großen Einfluss nehmen konnte. Was sie tun konnte, war zu helfen, wenn es nötig war. Ansonsten musste sie aushalten, dass die Kleine einen Lebensweg ging, den sie ihr nicht unbedingt wünschte.

Zu seinem siebzehnten Geburtstag schenkte sie ihm einen Ring von ihren Fingern. Sie trug immer einige davon und nach der Geschichte mit dem Ring seiner Mutter, wollte sie ein Zeichen setzen. Sie gab ihm den Ring und erklärte ihm, dass dieser Ring für ihn bedeuten sollte, dass sie immer für ihn da sein werde. Er schwieg lange und drehte das kleine silberne Ding zwischen seinen Fingern. Nach einer

Weile blickte er auf und bat mit großen traurigen Augen: „Maman, versprechen Sie mir, dass Sie auch nach meinem achtzehnten Geburtstag noch für mich da sein werden?" Sie sah ihn ganz erstaunt an und erwiderte, dass sie das doch genau gerade ausdrücken wollte. Er erzählte ihr von seinen Befürchtungen, weil er doch mit achtzehn volljährig würde und keinen Vormund mehr brauchte, dass sie dann gehen würde. Sie nahm ihn in den Arm und versicherte ihm, genau so lange für ihn da zu sein, wie er es von ihr wollte.

Schon bald erzählte das Mädchen ihr, dass sie eine eigene Wohnung beziehen wollte. Es sei ihr zu eng in dem Zimmer zu dritt. Es war klar, woher dieses Ansinnen kam, und der Heimleiter hatte ganz ähnliche Gedanken. Der Junge schickte sie wieder vor, weil er sich nicht artikulieren konnte, dass er ausziehen wollte. Sie sprach mit dem Heimleiter lange. Schließlich konnten sie als Erwachsene nicht beurteilen, was die Kinder brauchte. Sie waren alt genug, ihr Leben selbst in die Hand zu nehmen. Sie waren alt genug gewesen, allein ihren Weg einmal um die halbe Welt bis hierher zu finden. Es war eine Anmaßung, bei diesen halbfertigen jungen Menschen noch erzieherisch zu wirken. Der Heimleiter ließ sich schließlich darauf ein, dass sie ausziehen dürfe, wenn der Junge nicht ständig bei ihr wohnen würde. Sie willigte ein, wenn ihr auch nicht klar war, wer das wie überprüfen wollte, aber schließlich war das hier ein christliches Haus und sie diskutierte nicht weiter darüber.

Ziemlich schnell fand sie eine Wohnung durch einen Bekannten. Als sie in dem hellen und modern ausgebauten Dachgeschoss standen, erinnerte sie sich daran, wie schwer es für sie gewesen war, auszuziehen. Mit einundzwanzig war ihre Mutter endlich bereit gewesen Geld dafür rauszurücken, und es hatte dann gerade einmal für die Miete gereicht. Diese Kinder bekamen vom Jugendamt und Sozialamt eine tolle Wohnung inklusive Nebenkosten bezahlt und noch Taschengeld zum Leben dazu. Mancher deutsche Jugendliche konnte seinen Eltern das nicht aus dem Kreuz leiern, schon gar nicht mit knapp siebzehn. Dennoch verdrängte sie neidvolle Gedanken und wollte nicht tauschen. Es gehörten schon ziemlich zerrüttete Verhältnisse dazu, um diese Art von staatlicher Unterstützung zu bekommen.

Zusammen mit ihrem Mann sammelten sie im Bekanntenkreis gut erhaltene und nicht zu altmodische Möbel. Das Ausstattungsgeld des Jugendamtes ging für den Kühlschrank und ein großes Bett mit Matratze und Daunenkissen drauf. Die Wohnung wurde richtig schnuckelig und das Mädchen zog freudig ein. Ihr Freund hatte einige Regale gebaut und eine kleine Ecke für das Bett abgetrennt. Er war ziemlich engagiert und gar nicht so ungeschickt. Ihr gegenüber gab er sich immer sehr freundlich, auch wenn sie ihn nicht verstehen konnte. Sie sprach dennoch penetrant deutsch mit ihm und er wandte sich für die Übersetzung an das Mädchen. Das sollte auch noch einige Jahre so bleiben, aber sie hatte den Verdacht, dass er viel mehr verstand, als er zugeben wollte. Er weigerte sich nur aus ihr nicht verständlichen Gründen, diese Sprache zu sprechen. Dabei sah er immer fern und erstaunte sie damit, dass er bei der Bundestagswahl genau über die Kandidaten und Parteien im Bilde war. Er war ein Schauspieler und sie musste es so hinnehmen. Er hatte seine Gründe und es war nicht ihr Recht, darüber zu urteilen, auch wenn es sie manchmal schon ziemlich sauer machte.

Sie fragte den Jungen, ob er auch vielleicht ausziehen wollte, aber er winkte ab. Zu oft hatte er mitten in der Nacht furchtbare Alpträume und Angstzustände. Er wollte nicht allein sein und fühlte sich wohl in dem Heim, in dem die Mitarbeiter immer für ihn da waren. Es gab weiterhin ziemliche Schwierigkeiten mit ihm, denn er ging einfach nicht regelmäßig zur Schule. Wenn sie ihn fragte, sagte er, er sei da gewesen, und wenn sie dann den Anruf seines Lehrers bekam, erfuhr sie, dass er erst zur dritten Stunde kam und noch vor Schulschluss wieder verschwand. Der Lehrer war ziemlich sauer darüber und sie redete fast jede Woche mit ihm über die Schule. Allerdings ohne Erfolg. Sie musste erkennen, dass ihr Einfluss auch hier begrenzt war. Der Junge versicherte ihr zwar, dass er alles für sie tun würde, aber als sie ihn bat, ihr zu Liebe zur Schule zu gehen, sagte er, das könne er ihr nicht versprechen. Es war zum Verzweifeln. Sie erklärte ihm, dass sein Schulbesuch und eine kontinuierliche Ausbildung ein ganz wesentlicher Aspekt beim Ausländeramt seien, wenn es um die Abschiebung ginge. Er glaubte das nicht. Er hätte schon von anderen gehört, die trotz Schule ausreisen mussten. Sie war enttäuscht, dass er so gar keine Notwendigkeit sah etwas zu tun. Das chinesische Mädchen wollte hier in diesem Land etwas erreichen. Er wollte nur Fußballstar werden. Und so sehr sie ihm es auch gönnte, an seiner vorgestellten Karriere zu arbeiten und seinen Traum zu leben, so wünschte sie sich doch etwas mehr Realitätssinn. Er konnte doch morgens zur Schule gehen und jeden Nachmittag trainieren. Dabei war er gar nicht so konsequent am Ball, wenn es um Fußball ging. Freitags und samstags hing er bis in die frühen Morgenstunden in der Disko herum und beim Spiel am Sonntag war er dann todmüde. Was wollte er eigentlich? Wenn er wenigstens eine Sache richtig verfolgen würde, hätte sie ja Verständnis gehabt, aber er war sehr lustbetont. Er kannte sein Talent und meinte, eines Tages würde er entdeckt. Der Trainer beim Fußball, der sich so für seinen Spielerpass eingesetzt hatte, war auch unzufrieden mit ihm. Er sei ein guter Spieler, aber neige zur Selbstüberschätzung.

Wenn er so Klasse wäre, hätte ihn mit Sicherheit schon längst jemand gesehen und abgeworben. Die Späher der großen Bundesligaclubs seien bei fast jedem Spiel dabei und suchten Nachwuchs, aber bisher hätte ihn noch niemand angesprochen. Damit war ihr klar, dass er es nicht schaffen würde. Schon allein seine Körpergröße von ein Meter achtundsechzig war in der Liga ein großer Nachteil. Aber auch kleine Spieler hatten es geschafft, nur etwas mehr Ehrgeiz und vor allem Einsatz war notwendig. Bundesliga Profi wurde niemand nur mit Talent, sondern es gehörte hartes Training dazu. Ihr war das auch nie so klar gewesen, aber eigentlich hätte er jeden Tag freiwillig auf dem Platz stehen sollen, um mit jeder Mannschaft zu trainieren, die der Verein hatte. Er verfolgte zwar zäh seinen Traum, war aber nicht bereit sich zu schinden. Trotz aller Zuneigung, die sie zu ihm entwickelt hatte, musste sie einsehen, dass er ziemlich faul war. Damit war es wahrscheinlich noch nicht einmal in einer afrikanischen Mannschaft möglich, groß heraus zu kommen.

Dennoch musste sie ihn gewähren lassen. Nur wenn er ihr vertraute hatte sie ein Minimum an Einflussmöglichkeit. Als Erwachsene immer nur vernünftige Argumente zu bringen war für Jugendliche sowieso völlig unglaubwürdig. Er musste den harten Weg gehen. Sie hätte ihm das alles gerne erleichtert, aber sie konnte nur die Hilfe geben, die er bereit war anzunehmen.

Sie stellte sich immer vor, die beiden wären wirklich ihre Kinder. Ob es dann wohl anders gelaufen wäre? Sie war sich nicht sicher. Erzählten nicht alle Eltern voller Frust, dass ihre Kinder sich nichts sagen ließen und in ihr Unheil rannten? Sie sah diese schwierige Phase mit den Pflegekindern als Vorübung für die Adoleszenz ihrer eigenen beiden. Sie musste gelassen bleiben und durfte sich nicht als Person gekränkt fühlen, wenn keiner etwas von ihrer Lebenserfahrung wissen wollte. Junge Menschen mussten wohl wirklich unvernünftig, verträumt und bockig sein, um ihren eigenen Weg zu finden. Sie musste es aushalten, sie zu lieben und doch zuzusehen, wie einiges schief lief.

Der Elternsprechtag in der Schule stand an. Sie fand das schon bei ihren eigenen Kindern nicht so prickelnd, aber es half nichts. Jemand musste die Kommunikation mit der Schule aufrecht halten, zumal es zumindest mit dem Jungen schwierig war. Sie wartete mit ihm vor der Klasse zusammen mit anderen Schülern, die ihre Eltern mitgebracht hatten. Es sah schon etwas komisch aus, wie sie hier groß, weiß und hellhaarig mit dem kleinen Afrikaner saß. Sie unterhielten sich ein bisschen auf Französisch, denn sie hatte viel wieder verlernt, seit der Junge so gut deutsch konnte. Sie kam schnell wieder aus der Übung, dabei war sie stolz darauf gewesen, doch so viel behalten zu haben aus einem Schulunterricht, der nicht nur zwanzig Jahre zurück lag, sondern auch in ihrer Erinnerung der Horror schlechthin gewesen war. Sie war zwar immer eine ganz gute Schülerin gewesen, aber sie hatte die Schule gehasst. Der Zwang, den die Flure und Klassenräume ausstrahlten, hatte sie dreizehn Jahre lang schwermütig gemacht. Sie zählte den Beginn ihres eigenständigen Lebens erst ab dem Schulabschluss. Die Zeit davor war in ihrer Erinnerung ein dunkles, beängstigendes Kellergewölbe ohne Ausgang. Wie ein Gefängnis, offener Vollzug, so hatte sie die Zeit empfunden. Noch heute empfand sie diese ganz sonderbare Atmosphäre jedes Mal, wenn sie ein Schulgebäude betrat. Bestimmte Häuser riefen bestimmte Gefühle hervor, so wie auch in Krankenhäusern immer eine fast aus der Zeit und der Welt gehobene Stimmung war, so ging es ihr auch in Schulgebäuden. Und immer hatte es etwas mit eingeschränkter Freiheit zu tun. Dabei musste sie dem Jungen hier doch vermitteln, dass Schule genau das nicht sein sollte, sondern ein Ort, an dem er in Freiheit lernen durfte.

Sie wusste, dass sie mit ihrer Abneigung dem Jungen nicht sehr hilfreich sein konnte und fasste die besten Vorsätze, dem Lehrer offen gegenüber zu treten. Schließlich war er der arme Tropf, der jeden Tag dreißig Schüler am unteren Rand der Leistungsgrenze unterrichten musste. Die Hauptschüler hatten ein sehr feines Gefühl dafür, dass sie eigentlich schon jetzt aus der Gesellschaft ausgemustert waren.

Das förderte nicht gerade ihre Motivation. In der Zwischenzeit wurden selbst im Baumarkt lieber Realschüler als Azubis im Einzelhandel eingestellt.

Der Lehrer rief sie freundlich auf. Sie betraten das Klassenzimmer und er schloss hinter ihnen die Tür. Im selben Moment, noch auf dem Weg von der Tür zu seinem Platz, begann er laut und fordernd zu schimpfen. Er redete in eindringlichem, fast zornigem Ton auf den Jungen ein, dass er ihn nicht in der Klasse halten könne, wenn er nicht regelmäßig zum Unterricht käme und so fort. Sie brauchte eine Weile, um die Schimpftirade zu verarbeiten. Ein Reflex der Angst und des eingeschüchtert seins hatte sie mundtot gemacht. Sie war fast nicht in der Lage sich zu rühren. Der Junge hatte bereits abgeschaltet. Sie sah ihn an und wusste, dass er sich in den hintersten Winkel seiner Seele zurückgezogen hatte, um sich zu schützen. Ihn erreichten die Worte nicht. Aber sie war tief getroffen. Es brauchte eine Weile, bis sie sich langsam klar machte, dass sie nicht mehr Schülerin sondern erwachsen war. Mitten in einem Satz nahm sie sich ein Herz und fuhr dem Lehrer in die Parade. Er solle augenblicklich diesen Ton abstellen. Sie sei nicht bereit, sich weiter so anfahren zu lassen. Er verstummte kurz, dann rechtfertigte er sein Verhalten wieder, weil der Junge ja nicht begreifen würde. Sie wurde jetzt zornig. Ob er denn nicht sehen könne, dass der Junge auch mit diesem gewaltsamen Wortschwall nichts hören würde? Sie appellierte an sein pädagogisches Verständnis und er konterte, dass er sich nicht um jeden einzelnen Schüler gesonderte Gedanken machen könne. Sie war hin und her gerissen zwischen Verständnis für seine Hilflosigkeit und Wut über sein Unvermögen. Als sie ihn gerade so weit hatte, dass er ruhiger mit ihr sprach, öffnete sich die Tür und die Fachlehrerein kam dazu. Es war ihre engagierte Bekannte, mit der sie auch oft im Café gesessen hatte, um die Probleme der Flüchtlingskinder zu besprechen. Auch sie begann sofort ihre Tirade und unversehens fand sie sich wieder unter den lauten Worten der Lehrerin begraben. Sie fasste den Jungen an die Schulter und forderte ihn auf zu gehen. Wort- und grußlos verließ sie das Klassenzimmer. Draußen auf dem Flur stiegen ihr die Tränen in die Augen. Der Junge war besorgt und sie erklärte ihm, dass er nicht der einzige sei, der von Schule traumatisiert sei. Sie konnte sein Gefühl gut nachvollziehen und war der festen Überzeugung, dass es gar keinen Sinn machte, hier noch einmal hin zu gehen. Nicht, dass sie den Lehrern ernstlich böse gewesen wäre, aber es war deutlich geworden, dass sie in einer ohnehin schon schwierigen Hauptschulklasse keine Kraft und Zeit für traumatisierte Flüchtlingskinder hatten. Sie sagte dem Jungen, dass er nicht mehr zur Schule gehen müsse, und machte einen Termin bei seinem Heimleiter.

Der hatte wie immer sofort vollstes Verständnis. Es war schon fast unheimlich, wie sanftmütig dieser Mann war, obwohl er mit achtzig Flüchtlingsjungen ständig irgendwelche Probleme auch von ganz anderer Sorte zu überstehen hatte. Er war jedenfalls einverstanden, den Schulversuch abzubrechen und gemeinsam suchten sie nach einer anderen Lösung. Denn so viel stand fest: eine Art von Ausbildung musste der Junge machen. Das waren sie ihm schuldig. Nicht nur, weil damit die Argumentation bei der Ausländerbehörde für die Dauer der Ausbildung gut gegen die Ausweisung zu verwenden war, sondern, weil er, egal, wo er in seinem späteren Leben einmal landen würde, auf jeden Fall eine Ausbildung gut gebrauchen konnte. Der Heimleiter machte einen unerwarteten Vorschlag. Da er den Jungen für sehr intelligent hielt, schlug er eine Ausbildung zum Bürokaufmann vor. Und zwar in einer besonderen Einrichtung für ansonsten schwer erziehbare Jugendliche, was ja auf den Jungen nicht zutraf. Aber die besondere Betreuung würde ihm helfen, die Schwierigkeiten der Regelmäßigkeit zu überwinden. Auch war die Toleranzgrenze in der Institution sehr hoch, so dass er nicht gleich rausfliegen würde, wenn er morgens nicht aus dem Bett kam. Die Aufnahme war auch ohne Schulabschluss möglich. Es ging nur darum, das Jugendamt zu überzeugen, diesen sehr teuren Ausbildungsweg zu bezahlen. Sie war nicht sicher, ob Bürokaufmann nicht zu anspruchsvoll für einen Jungen war, der zwar mittlerweile leidlich deutsch sprach, aber weit davon entfernt war gut zu schreiben in der fremden Sprache. Der Heimleiter hatte aber keine Bedenken und sie vertraute ihm, dass er schon wusste, was er tat. Bis zu den Sommerferien gab es also jetzt noch einmal eine Schonzeit und dann würde es richtig losgehen und zwar ohne ein Ende in Sicht. Er würde schwer beschäftigt sein mit der achtstündigen Ausbildung am Tag und seinem Fußball drei Mal in der Woche plus Spiel am Wochenende.

Er war erstaunt, als die Maman ihn aus der Tür schob. Sonst war sie immer so Pflicht bewusst und forderte so viel von ihm, was er alles aushalten sollte. Jetzt waren die Lehrer nur ein bisschen unfreundlich, und sie stand brüsk auf. Ihm war das alles irgendwie egal. Er wollte nur nicht in diesem langweiligen Unterricht sitzen, den er nicht verstand und dem er auch keinen Sinn abgewinnen konnte. Dass er dafür noch einmal die Moralpredigt des Heimleiters hören musste, war schon in Ordnung. Er wusste nicht, was das war, was sie da mit ihm vorhatten, nur dass er an eine Schule für Doofe kommen sollte. Aber bis dahin war es noch Zeit und er freute sich gerade darüber, dass die Sonne in diesem Land wieder wärmer wurde. Er hatte ein süßes Mädchen aus Guinea kennen gelernt und wollte mit ihr viel Zeit verbringen. Was im Herbst kam, wollte er jetzt noch nicht wissen.

Unbeschwert wurden diese Monate nicht. Das Verwaltungsgericht schrieb, dass ein Verhandlungstag zur Anhörung des Widerspruchs gegen die Ablehnung des Asylantrags angesetzt sei. Der Junge hatte Angst. Zwar schwebte diese Drohung schon immer über ihm, aber er hatte sie verdrängt und jetzt war sie plötzlich wieder ganz real. Bis zu dem Termin blieben drei Wochen. Sie riet ihm, seine Aussage noch einmal gut durch zu lesen, damit er sich nicht widersprechen würde. Aber sie merkte schon, dass er ganz kopflos wurde und sich weder konzentrieren, noch an etwas erinnern konnte. Die ganze alte Angst war wieder da und ließ seinen Verstand hinter einer grauen Nebelschicht verschwinden. Dennoch war sie recht zuversichtlich, denn sie glaubte ihm seine Geschichte.

Sie trafen sich vor dem Gerichtsgebäude mit dem Rechtsanwalt. Für ihn war das ein Routinefall und dennoch merkte sie seine Anspannung. Es ging jedes Mal wieder um einen Menschen, über den hier verhandelt wurde, ob er ernst genommen wurde, oder ihm unterstellt wurde zu lügen. Lügner nahm dieses Land nicht auf.

Der Richter wirkte recht nett und souverän. Sie hatte sich eine Gerichtsverhandlung nicht so intim vorgestellt. Sie waren nur zu dritt, der Richter und eine Protokollantin. Alle saßen sie um einen etwas zu groß geratenen Konferenztisch im Quadrat. Die Zuschauerstühle blieben leer. Der Richter begann seine Fragen und schon bei der dritten, als es um das Datum der Demonstration in Conakry ging, blieb er hängen. Der Junge verhedderte sich in Widersprüchen, gab ein Datum an, das aber auf einem Samstag lag, während genau die Demonstration, um die es ging auf einem Freitag gewesen war. Es war unerträglich mit anzusehen, wie der Junge um Fassung rang, aber der Richter fragte hartnäckig weiter nach. Er war ein guter Fragensteller und blieb streng bei der Logik. Sie dachte, dass es für ihn ja auch langweilig sein musste, sich jeden Tag in eine neue Akte zu vertiefen, sich die Details zu merken, um genau zu wissen, wo etwas stand, welche Aussagen nicht übereinstimmten. Er war gut im Thema und sie musste feststellen dass er seinen Job sehr gewissenhaft machte. An seiner Stelle hätte sie dem Jungen auch nicht geglaubt. Und es bestätigte sich wieder, was der Heimleiter über die traumatisierten Flüchtlinge gesagt hatte: Genau wegen ihrer Traumatisierung, die es ihnen unmöglich machte während der Erinnerung bei Verstand zu bleiben, genau deswegen wurden ihre Asylanträge mit absoluter Sicherheit abgeschmettert. Gerichte basierten auf Logik und die funktionierte sichtbar nicht mehr, wenn die grausigen Ereignisse wieder herauf beschworen wurden.

Der Richter schlug das Einspruchsverfahren nieder und damit war der Asylantrag in Deutschland unwiderruflich abgewiesen. Es gab keine Chance mehr auf eine Anerkennung

als Flüchtling. Beim Rausgehen fragte sie den Rechtsanwalt, was denn nun geschehen würde. Er zuckte die Schultern und meinte, er könne jetzt nichts mehr tun. Sie müssten hoffen, dass er sich der Ausweisung so lange wie möglich entziehen könne.
Sie fuhr mit dem Jungen zurück zum Heim. Er saß schweigend und wie betäubt neben ihr. Sie war völlig verzweifelt und fühlte sich, als sei sie gerade gegen eine Wand gelaufen.

Bald darauf bekam sie einen Anruf von einer fremden Frau. Sie stellte sich als die Mutter eines Fußballkollegen des Jungen vor. Sie spielten in einer Mannschaft und waren Freunde geworden. Seinem Freund hatte der Junge sein Herz ausgeschüttet und der aus gutem Elternhaus stammende Schüler, der wahrscheinlich zum ersten Mal in seinem Leben von so einem Elend mitten in seinem Leben erfuhr, hatte seiner Mutter von der Geschichte erzählt. Er hatte seine Eltern aufgefordert, den Jungen zu adoptieren. Deswegen rief sie jetzt an. Sie unterhielten sich lange darüber und die Idee mit der Adoption war vielleicht gar nicht so schlecht. Sie versprach sich bei dem Rechtsanwalt zu erkundigen. Ihr Mann war nicht begeistert und gab zu bedenken, dass ein adoptiertes Kind den eigenen absolut gleich gestellt würde. Das beträfe auch die Verpflichtung zur Ausbildung und eine eventuelle Erbschaft. Das mit der Erbschaft fand sie nicht so problematisch, aber die Ausbildung war schon ein Problem. Sie rief beim Jugendamt an, um sich zu erkundigen, ob die weiter die teure Ausbildung in der Institution bezahlen würden. Die Auskunft war niederschmetternd. Dafür müsste sie als Mutter dann ihre eigene soziale Bedürftigkeit nachweisen. Außerdem dürfe der Junge dann nicht länger ohne Grund in dem Heim wohnen bleiben. Die Ausbildung kostete mehrere tausend Euro im Monat und bei ihnen zu Hause war kein Platz für einen fast erwachsenen Jungen, der sein eigenes Zimmer und seinen Freiraum brauchte. Auch der Rechtsanwalt, der ja so auf der Seite der Flüchtlingskinder stand, klärte sie über mögliche Folgen auf. Der Junge würde einen deutschen Pass bekommen, wenn die Adoption vor seinem achtzehnten Geburtstag beantragt würde. Aber nicht nur, dass es ohne Papiere fast unmöglich sei, das durch zu bekommen, es sei auch für sie als Familie sehr gefährlich. Selbst wenn sie dem Jungen hundertprozentig vertrauen könne, so müsse sie doch wissen, dass eine spätere Ehefrau oder auch mehrere Ehefrauen und deren Kinder auch voll erbberechtigt seien. Er hätte Fälle erlebt, in denen die adoptierten Kinder schon bald in ihre Heimat zurückgekehrt seien, um sich nach einigen Jahren zu sich melden und ihre Erbansprüche geltend zu machen. Das könne dann in die zehntausende von Marken gehen, um sich von dem Anspruch dauerhaft frei zu kaufen. Sie müsse damit rechnen, einem dann völlig aus den Augen verschwundenen Fremden, der einmal für zwei Jahre ein flüchtiger Gast in ihrem Leben war, vierzigtausend Mark zu schenken, von denen sie nie wieder etwas sehen würde.

Sie fand dieses Szenario zwar ziemlich abwegig, aber dennoch hatte sie soviel Vertrauen zu dem Rechtsanwalt, dass sie ihm nicht unterstellen wollte, dass er zum Schaden der Jugendlichen argumentierte, und auch nicht von Vorurteilen geleitet wurde. Er hatte viel Erfahrung auf diesem Gebiet, wollte sie nur aufklären und meinte es gut mit ihr.

Sie dachte darüber nach, wie weit Hilfe gehen konnte. Sie konnte diesem einen Jungen helfen, seine Angst zu vergessen, wobei sie ein großes Risiko und unkalkulierbare finanzielle Einbußen auf sich nehmen würde. Wollte sie soweit gehen? Konnte sie nicht vielleicht im Rahmen ihrer Möglichkeiten eher noch anderen Kindern helfen, als sich bei einem einzelnen so zu verausgaben? Wie viele Patenschaften für SOS Kinderdörfer könnte sie bezahlen, für das Geld, das sie in einen weiteren leiblichen Sohn investieren müsste.

Sie sprach mit dem Jungen darüber und das war ein Fehler. Sie wollte offen mit ihm sein und ihm zeigen, dass sie wirklich über alle Möglichkeiten nachgedacht hatte. Er hatte natürlich kein Verständnis für ihre Zweifel. Er beteuerte mehrere Male, dass er überhaupt gar kein Geld von ihr wolle, und dass es ihm auch egal sei, wenn er die Ausbildung nicht machen könne und aus dem Heim ausziehen müsse. Er käme schon zurecht, wenn sie ihm nur einmal noch helfen würde. Sie umarmte ihn und schlug ihm seine Bitte dennoch schweren Herzens ab. Dabei merkte sie, dass das Band, das zwischen ihnen bestand, riss. Es war für ihn eine Frage der Ehre, dass er ihr niemals Schaden zufügen würde und sie hatte doch in diesem Land alle Möglichkeiten. Er konnte nicht begreifen, dass sie ihn wegen Geld hängen lassen wollte. Er war enttäuscht von ihr und sie war traurig, dass er sie nicht verstand. Sie hätte ihm gar nichts von ihren Überlegungen sagen sollen. Als sie ihn das nächste Mal sah, hatte er den Ring, den sie ihm geschenkt hatte, nicht mehr am Finger.

Zu allem Überfluss in dieser deprimierenden Zeit brachte auch ein weiteres Nachhaken bei der chinesischen Botschaft nichts. Es würde keine Papiere geben. Die Nachforschungen hätten kein Ergebnis gebracht. An der Adresse, die das Mädchen angegeben hatte, gab es keine Einträge über sie, sagte der Konsul. Ihr wurde jetzt klar, dass sie auch hier gegen die Wand lief. Ihre Möglichkeiten waren begrenzt. Während der Junge in ständiger Angst davor lebte, dass der Botschafter von Guinea in seiner Willkür einen Pass für ihn ausstellen würde, der es der Ausländerbehörde erst möglich machte ihn abzuschieben, ohne nachprüfen zu können, ob der Junge überhaupt jemals aus diesem Land gekommen war, wollte das Mädchen einen Pass und hatte keine Chance einen zu bekommen. So unterschiedlich gingen Nationen mit ihren Flüchtlingen um. Sie sprach mit dem Beamten in der Ausländerbehörde, der für die Passbeschaffung zuständig war. Sie kannte ihn noch gut von früher, denn er hatte einmal ein Praktikum bei dem Radiosender gemacht, bei dem sie arbeitete. Er erzählte, wie er jeden Tag damit verbrachte auf irgendwelchen Konsulaten herum zu hängen mit unterschiedlichem Erfolg. Manchmal wurden dicke Bestechungsgelder verlangt, die er, wie er ausdrücklich betonte, natürlich nie bezahlte. Bei Chinesen hatte er in den Jahren seiner Arbeit bei dieser Behörde noch nie Erfolg gehabt. Bei Guinea wäre es so, dass der Botschafter nicht ständig in Deutschland anwesend sei. Er käme alle paar Monate mal in seiner Vertretung vorbei und würde dann einige Interviews mit angeblichen Bürgern seines Landes führen. Es sei nicht festzustellen, nach welchen Kriterien er Pässe ausstelle oder nicht. Schließlich könne er die Sprache nicht verstehen. Diese Vorführungen beim Botschafter waren gefürchtet und sprachen sich schnell in der gut vernetzten Gemeinde der Afrikaner herum. Es hieß, dass es mit Geld möglich war, den Botschafter zu überreden, keinen Pass auszustellen. Die Zahlungen galten aber meist nur bis zur nächsten Vorführung. Dann war wieder Geld fällig. Keiner wusste, was wirklich dran war an diesen Gerüchten, aber da ihr selbst der deutsche Beamte bestätigte, zur Zahlung von Schmiergeld schon aufgefordert worden zu sein, konnte sie sich eine solche Korruption zumindest gut vorstellen. Der Junge würde immer Angst haben müssen. Er erfuhr es im Heim als erstes, wenn wieder sechs oder sieben Jungen vorgeladen wurden. Es war ungewiss, wann es ihn treffen würde. Alle drei Monate musste er sich einen neuen Stempel zur Verlängerung der Duldung holen und jedes Mal kam es ihm vor, als betrete er die Höhle des Löwen. Einmal würden sie auch auf ihn kommen, um ihn zum Botschafter zu schicken. Die Ungewissheit war fast schlimmer als die konkrete Angst.

An seinem achtzehnten Geburtstag traf sie die neue Freundin zum ersten Mal. Sie war schüchtern und wich ihrem Blick aus. Nachdem sie zusammen Eis essen waren, wusste sie, dass sie das Herz dieses Mädchens nicht erringen konnte. Die Chemie stimmte einfach nicht. Sie ertrug die fremde weiße Frau nur, weil der Junge ihr so von ihr vorschwärmte.
Er erzählte noch viel mehr. Ein halbes Jahr war sie nun in Deutschland und das Asylverfahren schien abgewiesen. In der kommenden Woche sollte sie verlegt werden in eine ländliche Gegend etwa eine Stunde mit dem Zug zu fahren. Er wollte ihre Hilfe, das war klar. Deswegen rief sie bei der Zentralen Anlaufstelle an, ob es noch eine Möglichkeit gäbe, das Mädchen in die Stadt zu verweisen. Nach drei Tagen bekam sie Antwort, dass das Verfahren schon nicht mehr dort liege, sondern die

Akte bereits bei der neuen Behörde sei. Dennoch wollte sie nicht aufgeben. Sie rief in der Kleinstadt an. Zuerst kontaktierte sie das Jugendamt, um herauszufinden, in welches Heim sie kommen sollte. Sie merkte gleich, dass ein anderer Geist dort in den Amtszimmern wehte. Nein, eine besondere Unterbringung für das Mädchen hätten sie nicht. So oft gab es keine Minderjährigen unbegleiteten Flüchtlinge in dem Bezirk. Sie würde betreut werden. Es hieß also erstmal abwarten. Nach etwa einer Woche rief der Junge wieder bei ihr an. Seine Freundin sei jetzt in der neuen Unterkunft. Sie wäre dort ganz allein, es sei schrecklich dort und sie würde nur immer weinen. Also doch nicht weiter warten. Ein erneuter Anruf beim dortigen Jugendamt, aber es ging nicht weiter. Einen Vormund hätte das Mädchen noch nicht, nein, sie denken darüber nach. Sie rief kurz entschlossen beim Familiengericht an und schilderte den Fall. Sie könne ohne Probleme die Vormundschaft übernehmen, hieß es. Die Richterin klang sehr freundlich und entgegenkommend. Eine Woche später lud sie sich den Jungen ins Auto und fuhr in die Kleinstadt. Die Formalitäten dauerten zwar eine Weile, aber nach zwei Stunden ging sie mit der Urkunde aus dem Gericht. Sie fühlte sich gut und hatte das Gefühl, etwas Wichtiges getan zu haben. Der Junge leitete sie nun zu der Asylunterkunft, um das Mädchen zu treffen. Sie durchfuhren mehrere kleinere Vororte mit sauberen Vorgärten und weißen Spitzengardinen an den Fenstern. Alles hatte den Stil eines Urlaubsortes. Die Asylunterkunft lag ganz am Waldrand, etwa zehn Minuten zu Fuß von den nächsten Häusern hinter dem Bahnübergang, der die Dorfgrenze markierte. Auf der Landstraße brausten die Autos mit hoher Geschwindigkeit vorbei. Sie parkte ihren Wagen direkt in der Einfahrt der Asylanlage vor einem durchlöcherten Tor aus Maschendraht. Es schien niemand hier zu sein. Erst als sie in einen der Container gingen, begegneten sie ein paar Frauen aus dem Kosovo mit Kindern, die gerade in der kleinen Behelfsküche beschäftigt waren. Sie hatte noch nie so etwas gesehen. In ihrer Vorstellung mussten Behausungen in Slums so aussehen. Es war unerträglich warm und stickig in den Räumen, da die Sonne erbarmungslos auf das Flachdach ohne Isolierung brannte. Im Winter war es bestimmt entsprechend kalt. Links vom Eingang sah sie in einen größeren Raum, in dem ein älterer Mann auf einem herunter gekommenen Sofa saß und versuchte einen uralten Fernseher in Gang zu bringen. Die lieblos angebrachten Fenstergardinen hingen an einer Seite herunter. Alles war dreckig und verwahrlost. Der nächste Raum waren die Toiletten, ohne Deckel und Brille und ohne Trennung nach Frauen und Männern. In der sogenannten Küche waren Spanplatten mit Papier beklebt, das vor Fett und Essensresten klebte. Auf der rechten Seite des Flurs waren die Zimmer. Die Freundin des Jungen hatte eines für sich und konnte sogar hinter sich abschließen. Wenn sie aber zur Toilette musste oder sich etwas zu essen machen wollte, musste sie in die Gemeinschaftsräume. Sie erzählte von den vielen Männern hier, die sie nicht in Ruhe ließen. Für ein fünfzehnjähriges Mädchen war diese Situation unhaltbar. Nur ein Mal am Tag kamen ehrenamtliche engagierte Frauen von der Kirche, um für eine Stunde nach dem Rechten zu sehen. Das Mädchen aber brauchte ständige Ansprechpartner und vor allem Schutz. Von den hygienischen Verhältnissen ganz zu schweigen. Kurz entschlossen sagte sie dem Mädchen, sie solle ihre Sachen packen und mit kommen. Es war nicht viel, was es mit zu nehmen gab und zehn Minuten später war der Auszug vollendet. Es gab noch nicht einmal eine Stelle, wo sie den Schlüssel hätte abgeben können. Also ließ sie ihn einfach in der Zimmertür stecken. Im Vergleich zu dem Hochsicherheitstrakt der Asylunterkunft in der Stadt war es kaum zu glauben, wie die Flüchtlinge sich hier selbst überlassen waren.

Sie brachte das Mädchen in das Heim, das sie schon von ihrer Vormundschaft für die kleine Chinesin kannte. Der Heimleiter war ziemlich überrumpelt, nahm sie aber erst einmal unter Vorbehalt auf. Er schien ihren Mut zu bewundern, aber so ganz wohl war ihm nicht. Zwar hatte sie die Vormundschaft, aber die Einweisung in ein Heim, noch dazu außerhalb des erlaubten Aufenthaltsbereichs, war doch sehr fraglich. Er erklärte ihr, dass sie nun die Formalien klären müsse, mit dem Jugendamt der Kleinstadt und in der hiesigen Stadt, mit den beiden Ausländerbehörden und dem Landesjugendamt wegen der Kostenübernahme. Entschlossen nahm sie ihre Arbeit auf. Der Junge war begeistert. Für ihn war sie eine Heldin und scheinbar zu allem in der Lage.

Eine endlose Odyssee durch die Ämter begann. In ihrer Stadt schienen die meisten Beamten kooperativ zu sein. Sie hatten so viel Erfahrung mit den Flüchtlingskindern, dass sie ganz routiniert reagierten. Das Problem war die Kleinstadt. Sie hatte deutsches Recht gebrochen und das Mädchen sozusagen entführt. Das konnten die Menschen dort nicht auf sich sitzen lassen. Bei allen Anfragen, Bitten, Regelungen, biss sie auf Granit. Es bewegte sich überhaupt gar nichts. Mehrmals musste sie noch einmal dort vorsprechen und das Mädchen mitbringen. Selbst einen Krankenschein sollte das Mädchen nicht bekommen, weil sie sich nicht mehr im zuständigen Bereich aufhielt. Eine Überweisung an das andere Jugendamt wollten sie aber auch nicht ausstellen. Nur mit einem energischen und wütenden Auftritt beim Sozialamt erhielt sie schließlich einen Krankenschein, weil das Mädchen dringend wegen Unterleibsschmerzen zum Arzt musste. Sechs Wochen kämpfte sie mit den Behörden der Kleinstadt. Es war eine schwierige Zeit, in der sie kaum noch schlafen konnte, täglich mehrere Stunden telefonierte und Briefe schrieb, Wege fuhr und keinen einzigen Erfolg verbuchen konnte. Die Ausländerbehörde der Kleinstadt bestand auf einer Rückführung und drohte ihr schließlich sogar Beugehaft an. Jedes Mal, wenn sie nun zum Briefkasten ging, hatte sie Angst, wieder einen bösen Brief herauszuholen. Sie hatte sich auf fremdes Territorium begeben und nicht geahnt, wie zäh der Kampf mit einer Behörde sein konnte, die sich in ihrer Zuständigkeit übergangen fühlte. Es blieb ihr eigentlich nur noch der Weg, sich beim Dezernenten zu beschweren. Der rief sie nach Erhalt ihres Briefes, den sie eher in bittender als in erboster Haltung geschrieben hatte, zu Hause an. Auch bei ihm gab es keinen Zentimeter Bewegung.

"Wie sagte schon Ernst Wolf, als Bürger haben Sie einzig ein Recht auf Bürokratie und auf sonst gar nichts. Und Sie wissen überhaupt nicht, wie man mit Behörden umgeht, Sie halten sich nicht an die Regeln und wollen pausenlos Extrawünsche erfüllt haben. Glauben Sie etwa, wir warten hier den ganzen Tag darauf, dass endlich jemand kommt und uns Arbeit gibt? Schon in der letzten Woche habe ich dreißig Minuten mit Ihnen telefoniert, jetzt schon wieder und mein Mitarbeiter hat dreißig Mannminuten darauf verwendet, Ihren Terminwunsch zu erfüllen. Was wollen Sie denn noch?"
"Ist es nicht Ihre Aufgabe, mich als Vormund zu beraten und mir zu helfen?"

"Das ist überhaupt nicht meine Aufgabe. Meine Aufgabe ist Führen und Lenken und nicht Einzelfallbearbeitung."

"Aber als Bürgerin bin ich doch Ihre Kundin."

"Sie sind überhaupt nicht unsere Klientin, sondern Ihr Mündel, und Sie haben sich nur eingemischt, indem Sie die Vormundschaft übernommen haben. Sie haben das so gewollt und nicht wir. Ich bin nicht weiter bereit zuzulassen, dass Sie meine Mitarbeiter beschimpfen. Die werden dauernd von der Bevölkerung beschimpft und dann ist es meine Aufgabe mit der Bevölkerung zu schimpfen, was ich jetzt hiermit tue: Ich schimpfe mit Ihnen."

"Ich wollte nur Hilfe von Ihnen und dass Sie in diesem Fall moderierend eingreifen."

"Sie müssen sich an die Regeln halten. Wir haben die Vorschriften nicht erfunden, aber wir müssen uns daran halten und Sie auch."

"Ich werde zu der Vorladung kommen und mich in der Zwischenzeit informieren, wie Bürokratie funktioniert." antwortete sie spitz. "Auf Wiedersehen."

"Das zweifelhafte Vergnügen uns zu sehen, hatten wir noch gar nicht." verbesserte er sie schon wieder.

"Dann eben Auf Wiederhören", sie war jetzt zu schwach um noch etwas Angemessenes zu entgegnen. In dieser Behörde, das war ihr jetzt ganz klar, würde sie nirgendwo hinkommen. Und selbst, wenn sie diese Schlacht jetzt gewinnen würde, die nächsten eineinhalb Jahre bis zum achtzehnten Geburtstag des Mädchens, würde dieses zähe Ringen nicht aufhören. Sie wusste, dass sie das nicht durchhalten würde.

In der Nacht ging ihr das Gespräch nicht aus dem Kopf. Vor allem die kaltschnäuzige, besserwisserische und arrogante Belehrung des Dezernenten war ihr in dieser brutalen Form noch nicht begegnet. Wen hatte er da noch mal zitiert? Sie überlegte. Ein einfacher Name... Ernst Wolf. Sie stand auf und nahm sich das Lexikon aus dem Regal. - Wolf, Ernst, Theologieprofessor und führendes Mitglied der bekennenden Kirche, orientierte sich in seiner Theologie an einer gegenwartsbezogenen Weltverantwortung - Sie überlegte. Dieser führende Beamte aus der sehr katholisch geprägten kleinen Stadt las also diesen Autor und zitierte ihn, ein Zeichen von Wertschätzung, oder Ironie? Sehr wahrscheinlich eher Anerkennung und Untermauerung seines Standpunktes. Kein Zweifel, dass er sich selbst auch als bekennenden Christen bezeichnen würde und die "Gegenwarts bezogene Weltverantwortung" schien ihn zu beschäftigen. Sie ließ das Lexikon sinken und ihr wurde auf einmal klar, dass dieser Mensch, der sie so beleidigt hatte, sehr wahrscheinlich einen ganz ähnlichen Ansatz in seinem Leben verfolgte, wie sie selbst, aber in einer so andersartigen Umsetzung! Er fühlte sich im Recht und hatte ihr deutlich zu verstehen gegeben, wie sehr sie seinen Ablauf störte. Wie konnte es sein, dass die Umsetzung von Gedanken wie Weltverantwortung, Humanität und Glauben sich in den Menschen so unterschiedlich ausdrückten? Warum fanden sie keinen gemeinsamen Nenner? Die Kommunikation war allein durch die unterschiedlichen Positionen gestört, in denen sie sich von Anfang an als Kontrahenten empfunden hatten. Sie wollte für das Mädchen kämpfen. Und ein gewonnener Kampf hinterlässt bekanntlich einen Besiegten, der sich als Verlierer fühlte. War sie überhaupt besser als diese Bürokraten? Wollte sie nicht auch nur mit Macht durchsetzen, wogegen die anderen sich vehement wehrten? Eine Auseinandersetzung konnte nur auf gleicher Augenhöhe erfolgen und die war nicht gegeben. In ihr wuchs ein Entschluss, der einerseits zu ihrer Erleichterung beitragen konnte, und andererseits ein deutliches Zeichen setzen sollte: Sie würde diese Vormundschaft wieder zurückgeben. Einen Kampf dieser Art wollte sie nicht führen, niemals. Und mit dem Signal würde sie die Verantwortung für einen Menschen anderen zuführen und erwartete, dass jemand anderes sie aufgriff. Ihre Kraft war erschöpft. Wenn die Menschlichkeit tragen würde, könnten andere an diesem Punkt weitermachen. Die Welt hing nicht an ihr und auch das Schicksal der Freundin des Jungen wurde nicht von ihr allein bestimmt und gelenkt. Sie musste ihre elitäre und selbstverliebte Haltung, in der sie sich als die große Helferin und Retterin vor dem Unrecht sah, ablegen und vielleicht etwas demütiger werden. Sie war müde, aber sie verlor nicht die Zuversicht.

Als sie es dem Jungen sagte, war er außer sich. Noch nie hatte sie ihn so wütend erlebt. Er warf ihr vor, sie im Stich gelassen zu haben, ihn und seine Freundin zu ruinieren, der Abschiebung auszuliefern und noch viel mehr. Sie rang um Fassung, denn auch wenn sie wusste, dass er nicht alles verstehen konnte, war sie doch zutiefst verletzt. Immer hatte er ihr seine ewige Dankbarkeit geschworen und nun war einmal nicht alles so gelaufen, wie er sich das gedacht hatte, und er rastete gleich aus. Sie schrie ihn ziemlich an, dass er den Mund halten sollte. Er blieb wütend und wandte sich von ihr ab.

Sie sprach mit dem Heimleiter. "Was soll ich denn machen? Ich weiß nicht mehr was richtig ist. Ist es denn das Ziel, zu arbeiten, erfolgreich zu sein und sich dann mit Designerleuchten und Cabriolets zu befriedigen, soll ich so werden?"
"Sie dürfen das nicht als Niederlage empfinden", versuchte er sie zu trösten.
"Es ist aber eine Niederlage, so empfinde ich es zumindest. Vielleicht habe ich durch mein Engagement nur noch alles viel schlimmer gemacht."
"Es ist nur dann eine Niederlage, wenn Sie es mit den Maßstäben dieser Leute messen, deren Wertvorstellungen Sie ja nicht teilen. An Ihren

Werten gemessen, unter dem Gesichtspunkt der Menschlichkeit, haben Sie Ihr Möglichstes getan und vor allem genau das, was Ihnen Ihr Gewissen als richtig vorgegeben hat. Unsere Gesellschaft wird irgendwann merken, dass nicht alle Probleme mit Geld zu lösen sind, sondern das einzige, was uns durchtragen kann, die Humanität ist, das menschliche Miteinander. Wir werden unsere Probleme in der Krankenversicherung, in der Pflegeversicherung, in der Rentenversicherung und in der Arbeitslosenversicherung alle nicht durch mehr Geld lösen, sondern nur indem wir menschlich wachsen und Anteil nehmen am Anderen. Vielleicht sind Sie und ich zu früh für diese Zeit, aber wir können zumindest den Boden bereiten für einen besseren Umgang miteinander und eine Zeit, die unsere Gesellschaft tragen kann."

Ihre Stimme war so zittrig, dass sie es selbst am Telefon kaum noch verbergen konnte, wie sie mit den Tränen kämpfte. So oft hatte sie gehört, dass sie naiv sei, eine Phantastin, die keine Realität kennt. Sie empfand das immer als ungerecht, bis eine Freundin einmal sagte, sie solle stolz darauf sein, wenn jemand sie als naiv bezeichnen würde, denn nur die Naiven könnten Gutes tun in dieser Welt. Jetzt wurde sie schon von allein immer nüchterner, konnte ihre Lebensgrundsätze nicht weiter verfolgen, weil die Wirklichkeit stärker war als sie. "Aber ich habe diesem Druck nicht mehr standgehalten. Ich musste aufgeben. Manchmal muss man einsehen, wenn es nicht mehr weiter geht. Ich war einfach allein zu schwach."

"Das ist ja völlig verständlich. Machen Sie sich keine Vorwürfe. Für andere mögen Sie als Verliererin, als Looser, dastehen, aber sehen Sie sich nicht mit den Augen der anderen. Messen Sie Ihre Handlungen an Ihren Maßstäben. Jetzt, wo einmal so viele Menschen auf das Mädchen aufmerksam geworden sind, wird es weitergehen, andere werden sich darum kümmern. Sie haben etwas Wichtiges angefangen, auch wenn Sie es nicht allein zu Ende bringen konnten. Wir bekommen das schon hin. Das ist mein Job, sehen Sie, dies ist nur ein schwieriger Fall, ich habe achtzig und es geht weiter."

"Vielen Dank, dass Sie mir und den Jugendlichen so helfen." verabschiedete sie sich schwach.

"Ich habe zu danken", erwiderte er. "Wir brauchen Menschen wie Sie, auch wenn Sie als Ehrenamtliche eine Antiquität sind. Und Antiquitäten werden eigentlich nur zum Luxus hingestellt. Aber Ihr Einsatz macht Sinn, für die Jugendlichen und auch für Sie, glauben Sie mir."

Dann rief der Junge doch wieder bei ihr an. Seine Freundin war nicht gut zurecht, sie hatte immer Bauchschmerzen und ihr war ständig übel. Sie riet zu einem Besuch beim Frauenarzt und tröstete den Jungen, dass es schon nichts Schlimmes sein würde. Doch zwei Tage später war es zumindest für ihn doch etwas Schlimmes. Seine Freundin war schwanger. Das schien ihm wie ein Untergang und die erste Reaktion war, ob sie ihm helfen könne, das Kind weg machen zu lassen. Sie musste erst ihre Gedanken sortieren, aber dann wurde sie wütend. „Ich habe deine Freundin doch nicht hier her zu dir geholt, damit du ohne Verantwortung mit ihr schläfst. Warum habt ihr keine Kondome benutzt?" Sie sah ihren Ärger noch um einiges ansteigen und fand es so was von bescheuert, dass er das Mädchen gleich beim ersten Mal schon geschwängert hatte. Er schien sich offensichtlich nicht viele erwachsene Gedanken zu machen. Mit dem Mädchen konnte sie aber nicht wirklich reden, weil ihr Französisch noch schlechter war, als ihr eigenes. Alle Kommunikation war immer über den Jungen gelaufen. In diesem Fall konnte sie aber nicht über den Kopf des Mädchens hinweg für eine Abtreibung sein. Sie war völlig dagegen und sagte ihm das auch. Als sie aufgelegt hatte, befürchtete sie, dass er, wenn er wirklich fest entschlossen war, bestimmt eine afrikanische Hexe finden würde, die den beiden ihren Wunsch ohne großes Theater erfüllen würde. Sie machte sich Sorgen, ob sie richtig reagiert hatte und ob sie die Gesundheit des Mädchens damit aufs Spiel gesetzt hatte. Ihre Nerven waren allerdings in dieser Zeit angespannt wie ein Flitzebogen und sie hatte nicht gelassener reagieren können.

Die ganze Sache wuchs ihr über den Kopf und sie merkte, dass ihr die Kontrolle völlig entglitt.

Sie rief den Heimleiter in dem Haus für die Mädchen an, der ihr zwar nicht so nahe stand wie der in dem Jungenhaus, aber doch immer sehr freundlich gewesen war. Er war bestürzt und erklärte sofort, dass die junge Mutter nicht bei ihm bleiben konnte, da er noch zwei weitere schwangere Mädchen im Haus hätte, die in den Räumen für die Mutter und Kind Betreuung untergebracht werden mussten. Er war sozusagen voll belegt. Sie bat ihn noch einmal, sich des Mädchens anzunehmen, da sie ja jetzt ohne Vormund sei, aber er wollte nicht sofort etwas versprechen. Aber die Worte des anderen Heimleiters erfüllten sich. So viele Menschen hatten nun mit den Spuren ihrer Handlungen zu tun, das Mädchen war eine Realität in der Stadt und damit mussten alle Zuständigen umgehen.
Der Heimleiter des Mädchenhauses setzte still und ohne Aufhebens nach und nach alles durch, was sie selbst gewollt hatte. Keine Ahnung, wie er das machte, aber das Mädchen durfte in der Stadt bleiben und sie bekam eine betreute Mutter und Kind Wohnung. Der Junge würde später auch da einziehen dürfen. Sie hatte das Gefühl, dass die Profis untereinander eine andere Vorgehensweise hatten, als sie ihr als Ehrenamtlicher zur Verfügung standen. Sie ging den geraden Weg, aber es gab offensicht-

lich andere, die reibungsloser zum Ziel führten. Dennoch wäre die Kleine in der Kleinstadt unter Umständen verwaltet worden, die für eine Jugendliche unzumutbar waren, und durch ihren unkonventionellen Einsatz hatte sie zwar vielen Leuten mehr Arbeit gemacht, dem Mädchen aber letztendlich zu einer besseren Situation verholfen.

Ihr chinesisches Mädchen war mittlerweile in der eigenen Wohnung und hatte ein Mal in der Woche Besuch von ihrem Betreuer. Manchmal kam sie als Vormund auch dazu und in diesen Tagen war es eine echte Erholung hier zu sein. Das Mädchen bot ihr Früchte und kühle Getränke an, war gut gelaunt und kam mit allem prima zu recht. Der Betreuer fragte auch hin und wieder nach dem Jungen, denn in der Szene waren alle ganz gut informiert. Sie begann zu erzählen, von den endlosen Problemen, dem verlorenen Vertrauen und ihren Zweifeln. Die Tränen stiegen ihr in die Augen. Das Mädchen war ganz bestürzt. Der Betreuer blieb ruhig. Er richtete sie auf, indem er ihr erklärte, dass das die negativen Seiten der sozialen Aktivität seien. Rückschläge seien nicht zu vermeiden. Sie nickte stumm und fasste erneut Mut, um weiter zu machen.

Er konnte seine Maman nicht mehr verstehen. Erst war sie so hilfsbereit und dann warf sie alles hin, ließ ihn ganz allein mit seinen Problemen. Hatte er etwas falsch gemacht? Er wollte gerne mit ihr sprechen, aber seine Freundin war ziemlich sauer auf die Maman. Sie wollte nicht, dass er sie besuchte. Sie wollte nur immer mit ihm zusammen sein. Selbst zum Fußball ließ sie ihn nicht gerne gehen. Er mochte sie wirklich, aber so hatte er sich das mit einer Freundin nicht vorgestellt. Er war noch jung und brauchte seine Freiheit. Er wollte so viel erreichen und nicht immer auf andere Rücksicht nehmen. Und jetzt wurde er auch noch Vater! Er hätte heulen können vor Wut und Verzweiflung. Dabei wollte er nur Fußball spielen, aber das klappte auch nicht. Nichts klappte in diesem Land so, wie er es sich vorgestellt hatte. Er wurde zwar überwiegend freundlich behandelt, aber die Art von Hilfe, die ihm hier aufgedrängt wurde, wollte er gar nicht. Nicht die blöde Schule oder diese Ausbildung. Dann der Mist mit der Schwangerschaft. Warum waren hier alle so empfindlich damit, das Kind einfach weg zu machen? Erst hatte er ja den Eindruck gehabt, in diesem Land sei alles so frei und ungezwungen. Männer und Frauen gingen so frei miteinander um, wie er es nie zuvor erlebt hatte. Und dann, wenn es um wichtige Fragen ging wie Abtreibung, stellten sie sich so an. Wer konnte diese Menschen verstehen? Er jedenfalls nicht. Und dann war die Maman so böse geworden. Er wusste nicht warum, aber vielleicht hatte sie einfach genug von ihm. Er war ja jetzt groß und musste allein zurechtkommen. Es machte ihn traurig, aber er nahm die neue Aufgabe an. Dabei hatte er ein ganz anderes Leben führen wollen. Jetzt war es fast genauso wie das Leben seiner Eltern in Guinea geworden. So viele Kilometer fort war er geflohen und hatte doch nur das gefunden, was er schon kannte.

Einmal feierten sie noch zusammen. Sie hatte ihn zum Zuckerfest nach Ramadan angerufen und er hatte sie spontan eingeladen. Noch lebte er im Heim. Seine Freundin hatte noch zwei Monate bis zur Geburt und sie hatten richtig gut gekocht. Weil er sie offensichtlich nicht mit den anderen Halbwüchsigen zusammen essen lassen wollte, hatte er sein Zimmer ausgeräumt, den Tisch schön gedeckt und nun saßen sie alle zusammen, sie als Besuch, ihr kleiner Junge und der Junge mit seiner Freundin. Es war ein schöner Tag und das Essen schmeckte ihnen wunderbar. Sie hatte Hoffnung, dass doch wieder alles wie früher wurde. Allerdings gab es schon bald neue Probleme. Da die Freundin des Jungen noch nicht achtzehn war, würde der neue Vormund aus der Kleinstadt auch die Vormundschaft für das Baby bekommen. Der Junge aber nicht. Das brachte ihn auf die Barrikaden. Eine Mitarbeiterin aus dem Heim rief an, um zu erzählen, dass der Junge sich weigerte, die Vaterschaft anzuerkennen, wenn er nicht das Sorgerecht bekäme. Sie konnte ihn verstehen und telefonierte noch einmal alle Anlaufstellen ab. Der Vormund erklärte ihr, dass durch das Sorge-

recht des Vaters die Mutter völlig recht-
los an dem Kind würde und das wolle er nicht
zulassen. Sie konnte auch ihn verstehen. Der
Junge aber tobte am Telefon, als sie ihm von
ihren Recherchen erzählte. Was sie denn den-
ke, was er bloß mit dem Kind machen würde.
In seiner Kultur hätte er als Vater das Recht
am Kind, aber er würde natürlich nichts ohne
den Willen der Mutter machen. Sie wies ihn
darauf hin, dass seine Kultur den hier gelten-
den Gesetzen aber unterlegen sei, was ihn völlig wütend machte. Sie hörte dann lange nichts
mehr von ihm.
Es war der Heimleiter, der sie anrief, um ihr zu
sagen, dass das Baby geboren sei. Als sie zu
Besuch ins Krankenhaus kam, hatte sie das
Gefühl, dass alle betreten schwiegen. Der Junge war zwar freundlich aber reserviert. Seine
Freundin sprach kaum mit ihr. Sie durfte das
Baby einmal kurz halten, dann wurde es auf
die Säuglingsstation gebracht.

Nach der Geburt der Kleinen hörte sie erst mal
nichts mehr von dem Jungen. Er schien kein
Interesse mehr an ihr zu haben. Sie hatte ihn
offensichtlich enttäuscht. Weder hatte sie ihn
adoptiert, noch hatte sie die Vormundschaft
für seine Freundin zu Ende geführt. Er konnte
nicht wissen, dass gerade ihr Rückzug den Erfolg der Beziehung erst ermöglicht hatte.
Vielleicht würde er sie irgendwann verstehen.
Wenn sie darüber nachdachte, wie er sich
fühlen musste, konnte sie sehr gut verstehen,

dass sie seine Erwartungen nicht erfüllt hatte. Hatte sie ihm doch angeboten, in ihrer Familie ein Bruder für ihren Sohn, ein weiteres Kind zu sein. Er war gerne gekommen, wenn auch zuerst beklommen und unsicher, hatte sich mehr und mehr wohl gefühlt, aber er hatte gemerkt, dass er nie wirklich ganz dazu gehören konnte. Dazu ging sie nicht weit genug. Er war immer nur zu Besuch. Die Welt, die zum Greifen nah erschien, blieb ihm auf Dauer unerreichbar. Er wusste, dass er keinen Job bekommen würde, dass er niemals so viel Geld haben würde, um in so einem Vorort wie diesem zu leben, so wie es sein kleiner Bruder später haben würde. Er blieb immer Zaungast und damit war er nicht zufrieden. Deswegen zog er sich lieber zurück. Nicht ohne ein ziemlich schlechtes Gewissen, wie sie vermutete, aber es ging ihm besser damit. Sie konnte das akzeptieren, denn es war sein Weg. Sie hatte ihm am Anfang versprochen, dass sie nichts von ihm erwarten würde. Das Versprechen musste sie jetzt einlösen. Sie verstand es als seine Weise, selbständig zu werden, erwachsen zu sein. Er hatte Verantwortung für eine eigene kleine Familie, seiner Frau war die weiße Maman suspekt, denn sie hatte sie nicht als hilfreich erlebt, und seine Sicherheit in die Zuneigung der weißen Frau war in den Krisen der letzten Monate zunehmend geschwunden. Sie konnte ihn ziehen lassen, immer in der vagen Hoffnung, dass er eines Tages doch noch einmal zu ihr kommen und mit ihr über alles reden würde.

Das Mädchen war ganz anders. Sie drängte den Jungen, so oft sie ihn in der Stadt oder in der Straßenbahn traf, die Mama anzurufen. Eine Zeit lang war sie so etwas wie sein Gewissen und sein Anstand. Manchmal rief er dann noch an, aber sie wussten nicht mehr so recht, was sie sagen sollten. Es war gut zu wissen, dass er weiter Fußball spielte, dass er regelmäßig zu seiner Lehre ging und dass er mit seiner Freundin gut auskam. Er war auf einem guten Weg und das sollte reichen.

Das Mädchen rief in regelmäßigen Abständen immer wieder bei ihr an. Sie fuhr dann kurz mal vorbei, aber blieb nicht lange. Eigentlich war sie froh, dass der größte Aufwand mit den beiden Pflegekindern hinter ihr lag. Das Mädchen machte auch einen sehr eigenständigen Eindruck. Sie setzte beim Sozialamt nach langem Theater durch, eine größere Wohnung zu bekommen und meisterte den Umzug mit ihrem Freund ganz allein. Es gab keine offenen Rechnungen, keine zurück gelassenen Möbel in der Wohnung. Alles klappte wunderbar. Dann kam dieser Anruf an einem Sonntag, der sich gar nicht so fröhlich wie sonst anhörte. Es ging ihr nicht gut. Das konnte eine Sommergrippe sein. Zwei Tage später war klar, dass es das nicht war. Mit einem unglaublichen Entsetzen und in größter Verzweiflung sagte sie ihr, dass sie schwanger sei. Es hörte sich an, als käme diese Nachricht einer Katastrophe gleich. Sie schwang sich sobald sie konnte ins Auto und besuchte sie. Ein Häufchen Elend hätte sicher noch glücklich ausgesehen. Zu deutlich stand ihr vor Augen, dass sie mit dem Kind einen großen Teil ihrer Freiheit aufgeben musste, dass sie nicht mehr ausschlafen und dass sie ihre Schule nicht mehr weiter machen konnte. Sie hatte bei ihrer Mutter erlebt, wie das Leben mit Kind nicht mehr lebenswert wurde, der Vater sie verließ und nun stand ihr das auch alles bevor. Sie war sich ganz sicher, dass sie das Kind weg machen lassen wollte. Für die Frau kam diese Haltung völlig überraschend. Zwar hatte sie selbst immer eine liberale Meinung zu Abtreibungen gepflegt, aber nun war es bereits das zweite Mal, dass sie direkt an einer Entscheidung über Leben und Tod beteiligt wurde. Sie schlug zuerst einen Besuch bei der Frauenärztin vor. Die bestätigte die Diagnose und erzählte noch einmal aus ihrer Sicht, wie entsetzt sie das Mädchen erlebt hatte, als sie es ihr sagte. Sie gab ihnen eine Adresse der Beratungsstelle mit. Die Zeit war knapp, denn die Fristen waren schon fast abgelaufen. Das Mädchen fragte sie nach ihrer Meinung und sie antwortete ehrlich, dass sie es sogar für gar nicht so schlecht halten würde, wenn jetzt ein Baby käme. Insgeheim sah sie darin für das Mädchen einen Lebenssinn, denn die Schule fiel ihr schwer und wirkliche Aussichten auf einen Job hatte sie nicht. Sie verabredeten sich für den nächsten Tag, um die Beratungsstelle aufzusuchen. Auf dem Heimweg dachte sie, dass es so sein musste, mit großen Töchtern und fühlte sich dem Mädchen ganz nah. Es kam aber nicht mehr dazu, denn am nächsten Morgen rief sie an. Sie hätte die ganze Nacht mit ihrem Freund gesprochen. Der wollte das Kind unbedingt und hatte ihr alles versprochen, was sie nur hören wollte, wenn sie nur nicht abtreiben würde. Sie hatte sich mit ihm geeinigt, das Kind zu bekommen und er hatte versprochen die ganze Arbeit zu machen. Unwillig und nicht wirklich überzeugt ließ sie sich auf das Wagnis Kind ein. Als Mutter und Vertrauensperson kamen nun die Zweifel. Hatte sie das Mädchen in etwas gedrängt, was sie nur selber gerne sah? Schließlich musste sie das Kind nicht großziehen, sondern die Neunzehnjährige.

Die Schwangerschaft war langweilig. Zur Schule wollte sie jetzt nicht mehr gehen. Es war ihr unangenehm und es hatte ja auch keinen Zweck mehr. Obwohl ihr ständig alle gesagt hatten, dass sie sich gut machte, wusste sie doch nur zu gut, dass sie die erforderlichen Leistungen nicht erbringen konnte. Wenn sie auf Deutsch schrieb, waren in jedem Satz drei Fehler, von der Grammatik gar nicht zu reden. Das Sprechen ging immer besser. Sie konnte sich ganz gut verständigen, auch wenn es anstrengend war. Jetzt saß sie meist zu Hause oder ging spazieren. Ihr Freund hatte eine Arbeit in einem China Restaurant und war viel weg. Sie fühlte sich nieder geschlagen und hätte am liebsten die ganze Zeit geheult. Manchmal rief sie die Mama an, die dann kurz vorbei kam, aber meist nicht so viel Zeit hatte. Die sagte dann, dass ihre Traurigkeit mit der Schwangerschaft zusammenhing, dass es vorkommen könnte, wegen der Hormone. Sie verstand das alles nicht richtig, aber sie wusste, dass ihr Leben nun nicht mehr so leicht sein würde. Bei ihrer Mutter hatte sie es ja erlebt, was ein Kind bedeutete. Der Vater ging irgendwann und dann drehte sich das ganze Leben nur noch um Pflichten, bis man krank wurde und sterben musste. Im Moment war ihr Freund noch ganz eifrig. Er ließ sie nichts im Haushalt machen, putzte, kochte und räumte auf, wenn er von der Arbeit kam oder mal einen freien Tag hatte. Sie kümmerte sich um die Amtsgeschäfte. Schließlich mussten sie jetzt wirklich eine größere Wohnung haben. Beim Sozialamt hatte sie Schwierigkeiten, sich durchzusetzen. Sie hatte erst Anspruch auf mehr Quadratmeter, wenn das Baby da war, aber so lange wollte sie nicht warten. Dann war einmal ihr zuständiger Sachbearbeiter krank und ein Kollege hörte sie an. Er erlaubte ihr aufgrund des Mutterpasses, nach einer Wohnung zu suchen. Sie begann sofort, las die Zeitungen und fand auch einiges. Allerdings musste sie insgesamt vier Monate suchen, bis eine Wohnung dabei war, die sowohl ihr als auch dem Sozialamt gefiel. Sie rief sofort die Mama an und zeigte ihr stolz die noch leer stehenden Räume. Mittlerweile war ihr Bauch schon ziemlich rund und die Mama mahnte zur Vorsicht bei dem bevorstehenden Umzug. Sie sollte nichts Schweres tragen. Die Warnung war unnötig, denn ihr Freund stürzte sich in die Arbeit und ließ sie überhaupt nichts machen. So saß sie inmitten des ganzen Durcheinanders und langweilte sich immer noch. Zumindest war es schön Gardinen auszusuchen und ein paar neue Möbel gab es auch. Vor allem über die Waschmaschine freute sie sich, denn bisher hatte sie alles im Waschbecken scheuern müssen.

Dann war die Wohnung fertig und es dauerte immer noch Wochen bis zum Geburtstermin. Draußen war es schon grau und ungemütlich geworden, so dass sie auch nicht mehr so viel Spaß an Spaziergängen hatte. Sie sah die meiste Zeit fern.

Nach einem Routinebesuch bei ihrer Frauenärztin musste sie ins Krankenhaus. Angeblich hatten die Wehen schon eingesetzt. Es war kurz vor Weihnachten und sie musste dort bleiben, wurde an einen Tropf angeschlossen und durfte nicht aufstehen. Egal was geschah, alles war tötend langweilig. Sie konnte nachts überhaupt nicht mehr schlafen, so ausgeruht war sie. Wenn dieses Warten doch nur ein Ende hätte. Dick war sie auch geworden. Die Mama sagte, das sei Wasser und ginge nach der Geburt wieder weg. Sie fühlte sich dennoch hässlich.

Im neuen Jahr durfte sie das Krankenhaus wieder verlassen. Wie schön wieder in der eigenen Wohnung zu sein. Hier konnte sie sich wenigstens so bewegen, wie sie es wollte. Sie wartete jetzt ohne zu klagen. Die Mama besuchte mit ihr das Krankenhaus, in dem das Baby zur Welt kommen sollte, und erklärte ihr, wie sie da hinkommen sollte, wenn die Wehen einsetzten. Sie sollte auch Vorschläge für einen Namen machen. Der kleine Junge sollte zu seinem chinesischen auch einen deutschen Namen bekommen. Die Mama machte einige Vorschläge. Am besten gefiel ihr Felix, weil es der Glückliche bedeutete.

Dann ging alles ganz schnell. Es war Sonntagmorgen und es ging los. Mit dem Taxi war sie in fünf Minuten am Krankenhaus und rief sofort die Mama an. Die Wehen wurden immer heftiger und die Schwestern brachten sie in den Kreissaal. Nach einer Stunde hatte sie es bereits geschafft. Die Hebamme legte ihr das Baby auf den Bauch. Ihr Freund war glücklich. Sie wusste es noch nicht so genau. Die Mama kam zehn Minuten zu spät. So schnell war die Geburt zu Ende gewesen. Sie freute sich sehr und küsste sie und das Baby, drückte ihren Freund an sich und nahm ihr das Baby vom Bauch. Es hatte sehr schwer darauf gelegen und sie wusste sowieso noch nicht so genau, wie sie das alles machen sollte. Die Mama konnte das viel besser. Sie sagte jetzt Oma zu ihr und es schien sie nicht zu stören.

Es dauerte eine Weile, bis sie sich an das neue Gefühl gewöhnen konnte. Ihr Freund machte wie bisher alles, jetzt auch mit dem Baby. Sie hätte jetzt wieder schlafen können, aber der Rhythmus des Kindes hinderte sie. Zumindest war es nicht mehr ganz so langweilig. Der Kleine war wirklich ganz süß und langsam entwickelte sich in ihr so etwas wie Freude über die neue Situation. Jetzt waren sie eine kleine Familie.

Die Angestellte in der Ausländerbehörde schien selbst wirklich erfreut, als sie mit dem Mädchen kam und sagte, sie wollten die Aufenthaltsbefugnis abholen. Mit einem unerwarteten Dreh eines neuen Rechtsanwaltes war ihnen das Kunststück gelungen. Er hatte argumentiert, wenn die Volkrepublik China niemals Pässe ausstelle, was er anhand mehrerer zentraler Ausländerbehörden bewiesen hatte, dann wäre das Mädchen staatenlos und als solche müsse sie Papiere als Staatenlose ausgestellt bekommen. Auf dieses Argument war die Behörde eingegangen. Es war eine entspannte Atmosphäre und sie hatten Zeit ganz viele Fragen zu stellen. Wann die Befugnis unbefristet sein könnte, ob sie damit heiraten könne, ob das Kind dabei eingeschlossen sei und wann ihr chinesischer Freund auch eine Befugnis bekommen könnte. Die Angestellte war ausgesprochen freundlich und entgegenkommend und erklärte mit Geduld, was sie wusste. Sie gab sogar eine Empfehlung, bei der Verlängerung der Befugnis in zwei Jahren schon nach einer unbefristeten zu fragen. Eine Einbürgerung nach der Wartefrist, warum nicht? Es schien, als hätte es hier in diesen Räumen nie Schwierigkeiten gegeben. Auf dem Flur fiel ihr das Mädchen vor Freude um den Hals und juchzte so laut, dass der ganze Flur davon wider hallte. Es war unheimlich, vor allem, wenn sie daran dachte, wie Jungen aus dem Heim hier vor Verzweiflung getobt hatten, weil sie kein Stück weiter gekommen waren, wie einer durch alle Büros gerannt war und mit dem ausgestreckten Arm sämtliche Schreibtische abgeräumt hatte. Sie dachte auch an die Angst, die ihr Junge bis jetzt noch hatte, wenn er zur Verlängerung seiner Duldung hier her musste. Offensichtlich gab es keine Gerechtigkeit. Nur weil das Mädchen aus China kam und die chinesischen Behörden sich der deutschen Einwanderungspolitik bockig widersetzten, der Junge aber aus einem afrikanischen Land, das sich für Geld die Pässe abkaufen ließ, konnte sie jetzt auf eine geregelte Zukunft mit Arbeit und späterer Einbürgerung bauen, er würde irgendwann gehen müssen, mit samt seiner Familie. Es gab nichts, was sie, die Beamten hier oder sonst irgendjemand tun konnte. Das Leben war nicht fair. Der Junge blieb für immer fremd in diesem kalten Land. Das Mädchen würde mit den Jahren in ihre neue Heimat hinein wachsen, ein Kind mit deutschem Pass zu deutschen Schulen schicken und die Möglichkeit haben mit ihrer kleinen Familie in andere Länder in Urlaub zu fahren. Für sie wurde das fremde Leben hier immer heimischer, er blieb in der gleichen Stadt weiter wie in einer Mondlandschaft verloren. Was sie beide nicht gefunden hatten war Freiheit und Wohlstand. Genau wie zu Hause in ihren so unterschiedlichen Heimatländern hatten sie sich an viel zu junge Partner gebunden und viel zu früh Kinder bekommen. Die Möglichkeiten zu einer anspruchsvollen Ausbildung und einem erfüllten Arbeitsleben waren ihnen fremd und unerreichbar gewesen. Wenn sie es richtig machten, konnten die hier geborenen Kinder davon profitieren. Sie selbst, die sie das ganze Risiko der Flucht und Emigration auf sich genommen hatten, saßen ein Leben lang zwischen den Stühlen.